MOISÉS NEGRO

Alain Mabanckou

MOISÉS NEGRO

Tradução de Paula Souza Dias Nogueira

Título original: Petit Piment
© Editions du Seuil, 2015

Malê Editora e Produtora Cultural
Moisés negro
ISBN 978-65-87746-63-0
Tradução: Paula Souza Dias Nogueira
Capa: Dandarra de Santana
Diagramação: Maristela Meneghetti

Dados Internacionais de Catalogação na Publicação (CIP) Vagner Amaro CRB-7/5224

M112m Mabanckou, Alain
  Moisés negro / Alain Mabanckou ; tradução Paula Souza Dias Nogueira. Rio de Janeiro: Malê, 2021.
  226 p. 21 cm.
  Título original: Petit Piment
  ISBN 978-65-87746-63-0
  1. Ficção congolesa I. Título II. Nogueira, Paula Dias

CDD 896

Índices para catálogo sistemático:
1. Ficção : Literatura congolesa 896

Malê Editora e Produtora Cultural
Rua Acre, 833, sala 202. Centro. Rio de Janeiro (RJ)
Cep. 20081-000
contato@editoramale.com.br
www.editoramale.com.br

Em homenagem aos errantes da Costa Selvagem que, durante minha estadia em Pointe-Noire, me contaram algumas passagens de suas vidas, e sobretudo a Pimentinha, que fazia questão de ser um personagem de ficção porque não aguentava mais ser um personagem na vida real...

A. M.

Loango

Tudo começou nessa época em que, adolescente, eu me perguntava a respeito do sobrenome que Papai Moupelo, o padre do orfanato de Loango, tinha me dado: *Tokumisa Nzambe po Mose yamoyindo abotami namboka ya Bakoko*. Esse longo sobrenome significa, em lingala, "Demos graças a Deus, o Moisés negro nasceu na terra dos ancestrais", e ainda está registrado em minha certidão de nascimento...

Papai Moupelo era um personagem à parte, sem dúvida um dos que mais me marcaram durante os anos em que passei nesse orfanato. Tampinha, ele calçava sapatos Salamander com solados grossos — nós os apelidávamos de "sapatos com andares" — e usava largos bubus brancos que comprava dos comerciantes do oeste africano no Mercadão de Pointe-Noire. Ele se parecia, então, com um espantalho de uma plantação de milho, em particular no momento em que atravessava o pátio central e o vento sacudia as casuarinas que rodeavam o interior do orfanato.

Todo fim de semana esperávamos sua chegada com impaciência e o aplaudíamos assim que víamos seu velho Renault 4L, cujo motor, dizíamos, sofria de tuberculose crônica. O padre se esforçava para estacionar no pátio, refazia de cinco a seis vezes sua manobra enquanto qualquer outro condutor barbeiro teria estacionado no mesmo lugar de olhos fechados. Não era por prazer que ele travava essa batalha grotesca: era porque queria, ele se justificava, que "a frente do carro já olhe para a saída" e que não complicasse as coisas duas horas mais tarde, quando voltaria para Diosso, onde morava, a uns dez quilômetros de Loango...

Assim que estávamos dentro da sala colocada à sua disposição pela instituição, bem em frente aos prédios que nos serviam de sala de aula, formávamos um círculo ao redor dele enquanto ele nos distribuía folhetos nos quais descobríamos a letra da canção que deveríamos aprender. Logo um ruído atravessava o lugar, pois a maioria de nós tinha dificuldade em se acostumar com o vocabulário afetado daquele lingala tirado dos livros escritos pelos missionários europeus, nos quais estes últimos tinham reunido nossas crenças, nossas lendas, nossos contos e nossos cantos de tempos imemoriais.

Nós nos empenhávamos e, em menos de quinze minutos, ficávamos à vontade, modulando a voz como queria Papai Moupelo, que sugeria que as meninas soltassem gritinhos e que os meninos lhes respondessem com a tonalidade mais grave possível, enquanto ele mesmo, de olhos fechados, sorriso na cara, se sacudia, afastava as pernas para voltar a cruzá-las e afastá-las de novo. Seus movimentos eram executados tão depressa que tínhamos certeza de que ele era o homem mais rápido da terra.

Pois lá estava ele transpirando depois de alguns minutos, limpando o rosto com o dorso da mão e, com a respiração cortada, a boca aberta, nos fazendo um sinal:

— Agora é com vocês!

Diante de nossa hesitação, o padre corria para nos ajudar, ligando o gesto à palavra:

— Vamos! Vamos! Não fiquem tímidas, crianças! Quero ver todo mundo na ativa! Levantem e abaixem os ombros! Isso, assim! Muito bem! Imaginem agora que esses mesmos ombros são asas e que vocês estão prontos para voar! Aí está!!! Balancem ao mesmo tempo a cabeça como lagartos superexcitados! Ótimo, pessoal! Essa é a verdadeira dança do norte desse país!

Inflamados por esses momentos de júbilo nos quais pensávamos que aquele servo de Deus não estava lá para nos evangelizar, mas sim para nos fazer esquecer as punições que tínhamos recebido nos dias anteriores, nos deixávamos levar, às vezes um pouco demais, antes de entender que nem tudo era permitido, que não estávamos na famosa corte do rei Makoko onde os Batékés festejavam sem folga enquanto o soberano roncava dia e noite, embalado pelos cantos de seus *griots*.[1]

Então Papai Moupelo nos vigiava de canto do olho e intervinha assim que ficávamos tentados a ultrapassar os limites. Não era o caso, por exemplo, de tentarmos nos aproximar das meninas com a esperança de pegá-las pela cintura e nos colarmos a elas como sanguessugas. Do mesmo modo ele era intransigente em relação àqueles residentes depravados como Boumba Moutaka, Nguékena Sonivé e Diambou Dibouiri, que usavam cacos de espelho para ver a cor da calcinha das meninas e tirar sarro delas.

Papai Moupelo chamava logo a atenção deles:

---

[1] Contador de histórias típico de alguns países da África Ocidental, responsável por transmitir mitos, conhecimentos, histórias e canções ao povo. [N.T.]

— Atenção, meninos! Não quero esse tipo de coisa aqui! O pecado quase sempre chega fazendo piada!

Durante mais de duas horas, nos esquecíamos de quem éramos e de onde estávamos. Nossas gargalhadas se ouviam lá de fora do orfanato quando Papai Moupelo, em pleno transe, imitava agora o salto do sapo para nos demonstrar a famosa dança dos pigmeus do Zaire, seu país de origem! Uma dança bem diferente e muito mais técnica do que aquela do norte, nossa região, pois exigia uma agilidade de felino, uma rapidez de esquilo perseguido por uma jiboia e sobretudo aquele requebrado notável ao fim do qual o padre se agachava e, depois de um pequeno salto de canguru, estava outra vez sobre as patas, um metro adiante. Ele se endireitava sem parar de mexer as ancas, levantava os braços bem alto, soltava um grito do fundo da garganta e enfim ficava imóvel, com os grandes olhos vermelhos bem arregalados sobre nós. Era nesse instante que devíamos aclamá-lo, para que ele recobrasse uma postura menos cômica e cada um de nós voltasse pouco a pouco para as cadeiras de bambu, que rangiam ao menor movimento. Estávamos no céu, envoltos em uma atmosfera que comentávamos no dia seguinte na cantina, na biblioteca, no parquinho, no pátio e sobretudo no dormitório, onde repetíamos esses passos até que os seis vigias de corredor, enciumados pela influência do homem de Deus sobre nós, estalavam os chicotes e nos incitavam a nos refugiar debaixo dos lençóis. Nós os apelidávamos de "vigias de corredor" porque ficavam plantados justamente nos corredores, nos fiscalizavam e faziam as informações subirem ao primeiro andar, ao diretor Dieudonné Ngoulmoumako. Os vigias mais obstinados eram Mpassi, Moutété e Mvoumbi, parentes pelo lado materno do diretor e que, por isso, agiam como se fossem subdiretores, a ponto de Dieudonné Ngoulmoumako ter que, às vezes, lhes dizer para sossegar o facho. Quanto aos outros três, Mfoumbou Ngoulmoumako, Bissoulou Ngoulmoumako e Dongo-Dongo Ngoulmoumako, orgulhosos do sobrenome herdado do lado paterno do diretor, menosprezavam todo mundo, apesar de terem conseguido o cargo graças ao tio e de não contarem com nenhuma experiência com educação de crianças, que eles consideravam gado.

Assim que iam embora depois de terem nos intimidado, algum de nós soltava uma palavra engraçada no lingala de Papai Moupelo, então saíamos de nossas camas para formar um pequeno círculo e retomar a coreografia, que ia nos perseguir até em nossos sonhos. Não era nenhuma surpresa escutar, no meio da noite, residentes murmurando durante um sono bem movimentado essas melodias de antigamente na mesma língua antiquada daquele homem cheio de bondade e que nos vendia a Esperança a um preço mais acessível porque estava convencido de que sua missão era salvar as almas, todas as almas da instituição...

*

Papai Moupelo nunca admitiu para mim que tinha sido ele quem atribuíra a mim o sobrenome mais quilométrico do orfanato de Loango, e certamente da cidade, talvez do país. Será que era assim no país de seus compatriotas zairenses, onde as designações eram tão intermináveis quanto impronunciáveis, começando pela de seu próprio presidente Mobutu Sese Seko Kuku Ngbendu Wa Za Banga, cujo sobrenome significava "o guerreiro que vai de vitória em vitória sem que ninguém o detenha"?

Quando eu reclamava que Untel não tinha pronunciado meu

sobrenome direito ou inteiro, Papai Moupelo me estimulava a não perder a paciência, a rezar à noite antes de dormir para agradecer ao Todo-Poderoso pois, segundo ele, o destino de um ser humano estava escondido em seu sobrenome. Para me convencer, ele tomava seu próprio exemplo: "Moupelo" queria dizer "padre" em quicongo, e não era por acaso que ele se tornara um mensageiro de Deus como tinha sido seu pai. Por isso ele se alegrava em ver meus detratores me chamando simplesmente de "Moisés" ou "Moisé". Moisés, argumentava ele para me agradar, não era um profeta qualquer, e nenhum dos profetas, inclusive aqueles que exibiam no Antigo Testamento uma barba mais longa e mais grisalha que a dele, chegavam a seus pés: ele era aquele que Deus tinha escolhido e encarregado de tirar do Egito os filhos de Israel e conduzi-los em direção à Terra Prometida. Aos quarenta anos, revoltado pela miséria cotidiana de seu povo, Moisés matou um feitor egípcio que se passava por hebreu. Depois desse ato, foi obrigado a fugir para o deserto, onde se tornou pastor e se casou com uma das filhas do padre que lhe tinha oferecido hospitalidade. Aos oitenta anos, enquanto cuidava dos carneiros do sogro, Deus o chamou detrás de um espinheiro para lhe confiar a tarefa de libertar o povo hebreu, vítima da escravidão em terras egípcias. Quem, dentre aqueles que tiravam sarro de meu sobrenome, tinha um com tanto sentido assim?, me perguntava o padre.

Ainda hoje, enquanto escrevo estas linhas, enclausurado neste lugar antes familiar, mas agora tão diferente, quase consigo escutar a voz de Papai Moupelo recitando apenas para mim a passagem bíblica na qual Deus se manifesta diante de Moisés:

> *"O anjo do Senhor apareceu a ele numa chama de fogo no meio de um espinheiro. Moisés observou, e eis que o espinheiro estava em chamas, mas o espinheiro não se consumia..."*

Consigo vê-lo observando o céu, me examinando em seguida por alguns segundos e falando com sua voz mais grave:

— Sim, meu pequeno Moisés, o anjo do Senhor aparecerá para você também. Não espere vê-lo brotar de um espinheiro, isso já foi feito e Deus detesta se repetir. Ele sairá de seu próprio corpo, talvez você não o reconheça pois ele terá uma aparência tão repugnante que te dará nojo. Mas ele estará lá para te salvar...

No decorrer dos encontros seguintes, eu não largava mais do pé de Papai Moupelo, a ponto de sofrer comentários de certos residentes que me taxavam de puxa-saco ou de ser sua sombra. Ora, a única coisa que eu fazia era suplicar para que me deixasse ficar no fundo da sala, na última fileira, me lembrando de que nas aulas anteriores ele nos havia maravilhado com sua parábola sobre os trabalhadores das vinhas que chegavam à labuta às onze e que eram pagos antes de seus colegas, que, no entanto, tinham se apresentado às três e às seis horas.

— No reino dos céus — concluiu ele —, assim como para esses trabalhadores das vinhas, os últimos serão os primeiros, e os primeiros serão os últimos. Mas você não tem por que se assustar: Deus não esquece as crianças, mesmo que elas não estejam sentadas no fundo.

Não, eu não me assustava: eu me perturbava desde que passara a esperar o socorro de Deus, sobretudo quando o diretor batia em nós e o Todo-Poderoso não nos enviava nenhum sinal que nos tranquilizasse. O diretor personificava, a meu ver, o faraó vil da Bíblia que intimidava o povo hebreu, e eu me perguntava por que Deus hesitava tanto em atingir nosso orfanato com aquelas temíveis pragas do Egito que levaram esse monarca egípcio a reconhecer Sua superioridade e Seu poder. Será que Deus se contradissera e escolhera outro Moisés mais negro, mais bonito, maior, mais inteligente, mais livre e vivo em outro país onde as pessoas rezavam, dançavam e can- tavam mais do que no nosso?

O tormento que me tomava, em um primeiro momento ridículo e absurdo, me levava, no entanto, a ler com muita atenção os Livros Sagrados, com a Esperança de achar ali algumas falhas que me permitissem enfrentar nosso padre, apesar de todo o amor que eu lhe devotava. Ele ficaria feliz de ver que eu partia desse livro para entender o mundo, ainda que essa busca fosse no fundo orientada pela minha própria identidade e pelo que representava meu nome. Eu não podia desconcertar Papai Moupelo ao me basear nesse livro que ele conhecia na ponta da língua. E depois, eu lhe devia respeito: ele era nossa autoridade moral, o pai espiritual daqueles meninos que, assim como eu, não conheceram seus pais biológicos e tinham como única imagem de autoridade paterna, no melhor dos casos, esse padre, no pior, o diretor do orfanato. Papai Moupelo simbolizava a tolerância, a absolvição e a redenção, enquanto Dieudonné Ngoulmoumako personificava a hipocrisia e o desprezo. A afeição que manifestávamos por nosso padre vinha do fundo do coração, e a única recompensa que esperávamos em troca era seu olhar doce que nos dava coragem quando a cara irritada do diretor nos fazia voltar à nossa condição de crianças que não tinham tido a chance de trilhar o caminho normal da existência. Os olhares que recaíam sobre nós não mentiam: aos olhos do povo de Pointe-Noire, "orfanato" rimava com prisão, e não se ia para uma prisão a não ser que se tivesse cometido um delito grave, quem sabe um crime…

De todas as perguntas que eu me fazia durante esse período de agitação interna que marcava o começo de minha crise de adolescência, só uma voltava dia e noite e não me deixava engolir a saliva, como se eu tivesse uma espinha entalada na garganta: será que eu era o único *Tokumisa Nzambe po Mose yamoyindo abotami namboka ya Bakoko* do mundo? Pela extensão do sobrenome eu podia responder afirmativamente e me alegrar por ser um garoto singular. Ora, Papai Moupelo frequentava outros orfanatos em Pointe-Noire, em Tchimbamba ou em Ngoyo. Eu não podia deixar de alimentar algumas dúvidas sobre a originalidade desse sobrenome. Certo ciúme me consumia só de pensar que eu poderia ser apenas um Moisés qualquer dentre centenas ou milhares de outros e que eles eram mais amados por Papai Moupelo do que eu.

Ele era o único que podia me tranquilizar. E como estávamos no meio da semana, eu ansiava pela chegada do sábado para que pudesse lhe fazer abertamente essa pergunta. Infelizmente, eu estava longe de pensar que um fato inesperado iria chacoalhar o curso de nossa existência nesse fim de mundo da região do Kouilou. Eu esperaria qualquer coisa, menos tal reviravolta das coisas.

Curiosamente, e era isso que mais me alarmava, nem sequer Papai Moupelo tinha percebido a chegada desse acontecimento, apesar de sua proximidade com o céu…

Bonaventure Kokolo, nessa época com treze anos como eu, estava fora de si:

— É sério! É muito sério, Moisés!

Irritado por escutar esse nome, "Moisés", eu o empurrei com uma cotovelada e me afastei alguns passos. Mas não contava com sua tenacidade de sanguessuga dos pântanos:

— Aonde você vai, Moisés? Estou te dizendo que é muito sério!

— Você diz isso toda vez, te conheço!

— Olha bem a cara dos guardas! Estão escondendo alguma coisa da gente! É melhor já começar a chorar porque eu estou te dizendo que Papai Moupelo morreu!

No momento em que ele soltava um soluço, eu movia meu punho fechado diante do seu rosto:

— Se você chorar eu meto isso na sua cara e você vai acordar lá longe, na enfermaria!

— Mas ele morreu! Não vai mais ter catecismo aqui!

— E ele morreu como, hein?

— Por acidente! Você vai ver, vão dizer para a gente que ele foi morar com Deus e que encontraram para nós outro Papai Moupelo!

Bonaventure era meu melhor amigo. Eu era mais introvertido, não mostrava meus sentimentos de imediato, mas ele era tão tagarela que tinha ganhado o apelido de "Come-Algodão", por causa do nome dos pássaros que traziam para o orfanato tufos de algodão com os quais construíam seus ninhos no forro do nosso dormitório.

Assim que abria a boca, os residentes lhe diziam em coro:

— Cala a boca e vai comer algodão! Ele se virava para mim:

— Viu, só você para me escutar quando eu digo as coisas, os outros são mais maldosos que o diretor! Acha que eu já menti alguma vez, hein? O que eu falo acontece sempre!

Como eu não reagia, ele me olhava bem nos olhos:

— Na última vez, quando eu sonhei que a gente comia carne, não foi o que a gente comeu na cantina dois dias depois, hein?

— Sim, a gente comeu carne dois dias depois...

— E quando eu sonhei que o diretor estava doente, não foi que ele ficou com um olho inchado dois dias depois, hein?

— É, ele se machucou sozinho com a porta da sua sala...

— Então por que eles me chamam de Come-Algodão sendo que não conseguem nem sonhar que a gente vai comer carne ou que o diretor vai ficar com um olho negro, hein?

— Você quis dizer "um olho roxo"?

— Não, eu quis dizer isso que eu disse!

— Bonaventure, você fala demais! Se não parar, eu também vou te mandar comer algodão!...

*

Naquele sábado, então, como de costume, vestidos todos de branco, as meninas de um lado, os meninos do outro, estávamos no pátio principal na expectativa da aparição de Papai Moupelo. Dessa vez eu tinha mais razões para esperá-lo do que os outros residentes, que só tinham na cabeça a atmosfera festiva que iríamos viver na sala do catecismo.

Eu não queria de jeito nenhum que o padre adivinhasse minhas intenções assim que me visse. Além disso, estava treinando para controlar minha respiração e ficava murmurando o que ia lhe dizer quando ele me chamasse de lado para me lembrar de rezar e de agradecer ao Senhor. Antes de mais nada, eu não podia cruzar seu olhar antes de nosso momento sozinhos, senão, influenciado por seu ar jovial e paternal, eu deixaria para a semana seguinte essa pergunta essencial que devia lhe fazer pela primeira vez.

Enquanto eu imaginava qual atitude adotar diante dele, alguns meninos, para passar o tempo, já imitavam o barulho do motor tuberculoso do 4L do padre, outros simulavam que estavam estacionando e repetiam a manobra de cinco a seis vezes antes de soltar:

— Está perfeito, a frente do carro já está olhando para a saída!

As meninas, por sua vez, se limitavam a esboçar os passos da dança dos pigmeus do Zaire, levando a sério as proibições ligadas a seu sexo, as quais nós, meninos, já sabíamos que tinham sido imaginadas desde a aurora dos tempos pelos homens a fim de afastar as mulheres dos pequenos prazeres da vida. Era, por exemplo, desaconselhado que elas comessem carne de cobra, mesmo ela sendo muito apreciada no país. Se mesmo assim elas a consumissem, seus seios despencariam até os pés. Era por isso que nossas coleguinhas achavam que, se pegassem no volante de um carro como o de Papai Moupelo, ficariam com uma barbicha de bode e seu sexo formaria uma excrescência até ficar parecido com o nosso? Em todo caso, elas se afastavam daqueles que brincavam de ser roda dura e tocavam discretamente o peito, como se até mesmo o fato de terem visto por alguns segundos um menino fingir que dirigia um carro fosse lhes dar azar.

Um pouco afastados, os guardas Vieux Koukouba e Petit Vimba, que tanto importunavam Bonaventure, multiplicavam os conluios, um comportamento que nunca tínhamos visto entre eles. Vieux Koukouba gritava com o jovem colega:

— Pare agora de apontar para o lugar, senão eles vão perceber tudo, e é em mim que o diretor vai descontar!

De repente, uma grande agitação abalou a equipe de funcionários. Os guardas prestaram continência como se fossem militares. Eu e Bonaventure fomos os últimos a voltar o olhar em direção ao prédio principal, onde Dieudonné Ngoulmoumako acabava de aparecer no palanque, e atrás dele havia os seis vigias de corredor, cujos rostos austeros contrastavam com a cara de descontração que o diretor se esforçava para demonstrar.

Dieudonné Ngoulmoumako era um homem velho, careca e gordo da etnia dos bembé, esse povo conhecido por resolver no canivete qualquer desavença, comer carne de gato desde a infância e avaliar a riqueza de um indivíduo apenas pelo número de porcos que ele degola durante a festa de Ano-Novo ou nos casamentos e cortejos fúnebres. Mas qual etnia não era acusada de incubar hábitos alimentares estranhos no país? Os lari, povo da região do Pool, eram chamados de comedores de lagarta; os vili, da região do Kouilou, por sua vez se esbaldavam com carne de tubarão, uma reputação que deviam ao fato de serem da costa; os téké, presentes em muitas regiões, não recusavam carne de cachorro, enquanto ao norte do país boa parte das etnias se alimentava de carne de crocodilo, ainda que considerassem esse réptil um animal sagrado.

— Não é normal que ele esteja sorrindo para a gente desse jeito! — lançou Bonaventure, cujos soluços eu escutava sendo contidos atrás de mim.

Eu me virei para ele:

— Se chicotearem a gente, juro que mais tarde vou bater em você no dormitório!

— Mas olha só para o diretor! Ele quer ser legal para que a gente não chore quando ele anunciar que o Papai Moupelo morreu! Eu quero chorar agora, não depois! Quero ser o primeiro, porque se eu chorar depois dos outros, como vão saber que eu também chorei?

Ele tinha razão em certo sentido: ainda que o diretor tivesse abandonado sua terrível chibata, deixando o papel de malvado aos vigias, seu aparente bom humor não lhe rendia, no entanto, humanidade. Bastava observar como sua mão direita se agitava para entender que faltava alguma coisa entre seus dedos curvados e cortantes como as garras de uma águia. Apesar de tê-la enterrado no fundo do bolso e fingir coçar a coxa, logo a sacava por reflexo, e ela balançava, ineficaz e ridícula ao longo de sua perna.

Sua presença no palanque era parte de uma encenação tão medíocre que os truques ficavam evidentes quando ele se comunicava com os guardas à sua frente com piscadelas desajeitadas que podíamos interpretar sem dificuldade.

Os engraçadinhos que brincavam de ser roda dura tinham interrompido seu pequeno espetáculo e assumido ares de crianças comportadas sem desgrudar os olhos do homem mais temido da instituição.

Levou no máximo dez minutos para que o diretor voltasse a ser o homem que conhecíamos e que mais detestávamos no mundo: a cara fechada a sete chaves, a mandíbula tensa e o bigode de luto. De que poderíamos ter medo, já que era raro que ele nos molestasse de fim de semana para não ter de suportar as lições de moral de Papai Moupelo, que um dia lhe dissera que, de tanto maltratar as crianças, ele teria de responder por essa atitude lá no alto, pois feria aqueles que tinham sem tirar nem pôr a cara do Todo-Poderoso?

Dieudonné Ngoulmoumako se preparava para fazer uma declaração, e Bonaventure ainda não estava errado. Era a primeira vez que nosso padre atrasava mais de uma hora e meia, quase a metade do tempo que ele nos destinaria.

Apesar disso, eu estava confiante e não me deixava abater: Papai Moupelo chegaria de uma hora para outra e se esforçaria para estacionar no pátio principal sob nossos aplausos. Estaria usando bubus novos saídos de seu baú de ferro, como gostava de especificar, e era graças a esse cofre metalizado que ele protegia suas roupas das baratas e das traças.

— Eu protejo bem as minhas roupas! Arrumo-as em um baú, coloco algumas bolinhas de naftalina em cima para impedir que as traças as infestem...

Ele cheirava à naftalina, esse odor sufocante que se misturava ao de nossa transpiração. Se nunca havíamos encontrado nem uma traça sequer na sala do catecismo era graças a esse cheiro que não saía mais do cômodo.

Sim, Papai Moupelo apareceria de uma hora para outra e, como se tudo isso não passasse de um pesadelo de Bonaventure, nos distribuiria pedaços de papel com as letras de canções antigas, e nós o rodearíamos, e bateríamos palmas, e cantaríamos até perder a voz.

Minhas ilusões foram interrompidas quando Dieudonné Ngoulmoumako, com ar solene, começou a seguir para a sala de Papai Moupelo com os vigias de corredor atrás. Vieux Koukouba, que tinha entendido a piscadela do patrão, o alcançou com um martelo na mão. Petit Vimba já estava dentro do cômodo, de onde tirou uma volumosa caixa que empurrava com dificuldade.

Bonaventure achou outra oportunidade para me irritar:

— Moisés, talvez seja o cadáver de Papai Moupelo aí nessa caixona!

— Kokolo, não me chama de Moisés…

— E você, por que você me chama de Kokolo sendo que eu não gosto desse sobrenome?

— Está vendo meu punho? Quer que eu enfie ele na sua cara?

Tínhamos medo de nos aproximar dessa grande caixa, apesar da curiosidade que nos consumia. Petit Vimba a abriu com a ajuda de um estilete, exagerando no suspense.

— Se aproximem! O que deu em vocês para ficarem assim de lado? — nos ordenou o diretor.

Tínhamos então descoberto no volume lenços vermelhos e sobretudo uma placa em que se lia:

Sala do Movimento Nacional dos Pioneiros da Revolução Socialista do Congo

Assustado, Bonaventure cochichou:

— É essa placa que vão colocar no túmulo de Papai Moupelo!

O diretor, tal qual um mestre de cerimônia sobrecarregado, grunhia ordens a seus vigias antes de mostrar a Petit Vimba o lugar onde a placa devia ser fixada a fim de ficar legível assim que se entrasse no orfanato. Depois foi a vez de Vieux Koukouba dar marteladas, pois o diretor insistia para que o "decano" de sua equipe tivesse o privilégio de fixar a placa. Esse guarda, que nós apelidávamos secretamente de O Australopiteco, parecia um camaleão velho, com suas costas arqueadas e seus olhos que iam da esquerda para a direita sem que ele mexesse a cabeça.

Mas Vieux Koukouba não conseguia cravar os pregos, que sempre caíam no chão. Assim que se curvava e cerrava os dentes para recolhê-los, nós percebíamos, vendo seu sofrimento, que ele já tinha perdido fazia tempo a cartilagem das articulações.

Dieudonné Ngoulmoumako gritava com ele:

— Mas que raios você está fazendo, hein?

O velhote se enrolava com as desculpas:

— Patrão, é culpa do sol, que não me deixa enxergar. Em vez de ver um prego só, vejo uns quatro ou cinco e fico sem saber em qual eu devo bater, mas bato mesmo assim. Além do mais, o problema é que os pregos de hoje em dia parecem que são menores que os pregos de antigamente, com que se fabricavam os caixões, e os cadáveres mesmo não reclamavam, porque esses pregos...

— Você vai começar a falar de novo do necrotério de Pointe-Noire, onde trabalhava antes, é isso? Bom, não se preocupe, logo você vai voltar para lá, já que sente tanta falta!

Nós não entendíamos o que o diretor insinuava com essa frase, mas de repente Vieux Koukouba se endireitou, seus olhos rodopiavam enquanto se concentrava para cravar o único prego que conseguira recolher do chão. Molhou primeiro com saliva o lugar onde planejava cravar o prego e tomou coragem, o martelo bem acima da cabeça. Infelizmente errou mais uma vez o alvo...

Furioso, Dieudonné Ngoulmoumako arrancou o martelo de suas mãos, apanhou ele mesmo um prego, deu primeiro uma grande martelada cujo eco assustou os trezentos e três residentes, e até mesmo o bando de pássaros come-algodão empoleirado nas casuarinas. Depois de umas dez marteladas, recuou alguns passos e observou com satisfação a placa enfim pregada na porta da sala de Papai Moupelo. Chamou os vigias de corredor que o rodeavam e murmurou alguma coisa. Os seis homens competiram energicamente para distribuir para nós os lenços vermelhos e nos mostrar como deveríamos amarrá-los em volta do pescoço. Cada um de nós examinava o seu, pensando que se parecia com a bandeira que os mesmos vigias de corredor tinham içado no mastro um mês antes e que balançava no meio do pátio com seus emblemas que nos intrigavam: duas palmeiras verdes enquadrando uma enxada e um martelo amarelo-ouro cruzados, com uma estrela dourada de cinco pontas encimando o conjunto.

— Moisés, então Papai Moupelo não está morto, é isso?

— Kokolo, cala a boca!!!

Voltando para o palanque, sempre com sua escolta de vigias, Dieudonné Ngoulmoumako assumiu ares de grande orador e nos explicou que éramos os construtores e os responsáveis pela Revolução Socialista Científica. Em seu paletó, "bem acima de onde batia seu coração", como dizem alguns, um broche vermelho brilhava com três letras: PCT. Era preciso se aproximar bem para ler, escrito miudinho sob essas letras: Partido Congolês do Trabalho...

No meio de seu discurso, o qual aplaudíamos forçados pelos

olhares ameaçadores dos vigias de corredor, o diretor se esforçou para nos revelar, com a mão pousada sobre o broche do PCT, o que significavam os emblemas de nossa bandeira replicados em nossos lenços. O vermelho simbolizava a luta travada pela independência do país nos anos 1960; o verde, a natureza abundante e exuberante dos campos; o amarelo, o conjunto das riquezas naturais, que a Europa não havia parado de roubar e saquear até a nossa emancipação. Quanto à enxada e ao martelo, eles nos exortavam ao trabalho, à atividade manual, enquanto a estrela dourada nos lembrava da necessidade de olhar para o futuro e de perseguir continuamente os inimigos da Revolução, incluindo aqueles que viviam no país, que tinham a mesma cor de pele que nós e que qualificávamos como "criados locais do imperialismo". Segundo ele, esses eram nossos adversários mais perigosos, pois como detectá-los se estavam em meio à massa para nos corroer desde o interior. E no orfanato já havia criados locais do imperialismo.

Sua voz ficou mais paternal, de tempos em tempos com uma forte rouquidão:

— Sim, queridas crianças, uma nova época se apresenta para nós, e é um arco-íris libertador vindo diretamente da União das Repúblicas Socialistas Soviéticas! Somos responsáveis por aquilo que o Congo será amanhã e depois de amanhã, se não houver um acerto de contas com aqueles que, durante muito tempo, pisotearam nossa dignidade, esmagaram nossos deuses, violaram nossas mulheres mais belas e aprisionaram nossas crianças mais lindas, mais fortes, mais elegantes. Essa nova época pertence a vocês, minhas crianças; não deixem que os imperialistas e seus criados locais os desviem de seu objetivo. Eles sabem como nos sedar e roubar o que possuímos. Não vou deixar de citar as sensatas palavras de Jomo Kenyatta, grande militante e presidente do Quênia, um país irmão: "Quando os Brancos vieram para a África, tínhamos as terras e eles tinham a Bíblia. Eles nos ensinaram a rezar de olhos fechados: assim que os abrimos, os Brancos tinham a terra, e nós, a Bíblia". Ao mesmo tempo, queridas crianças, é preciso que tenham em mente as sábias palavras de nosso próprio presidente da República, porque ele também é um sábio, porque ele também tem uma compulsão jupiteriana por comunicar e ligar os pontos, por caminhar o tempo todo com uma lanterna que ilumina o labirinto das mentes e das consciências. Vocês se perguntam: "Mas o que é a Revolução?". Sim, o que é a Revolução, hein? A Revolução se dá no cotidiano, ao modificarmos nossos hábitos e estarmos sempre atentos face à engenhosidade do imperialismo e de seus criados locais. No entanto, o presidente da República foi claro sobre isso: Revolução e socialismo científico não devem nos exaltar a ponto de encontrarmos neles uma virtude mágica. Devem apenas estimular e orientar nossa ação e não serem talismãs benéficos. O desenvolvimento de nosso país, a transformação de nossa vida em todas as áreas não depende nem um pouco da escalada revolucionária, mas de nossa ação paciente, corajosa e racional. Transformar-se harmonicamente sem se transfigurar de maneira falsa, evoluir e progredir sem se despersonalizar, esse é o objetivo que devemos buscar para permitir que a Revolução congolesa, já tão cativante devido a seu dinamismo juvenil, mantenha sua originalidade, que se tornou lendária no vasto movimento irreversível da Revolução mundial, a qual é incompatível com o torpor que a religião nos impôs até o momento presente...

Escutávamos o diretor por uma orelha, com a outra esticada em direção à porta de entrada do orfanato, pois ainda nos perguntávamos o que tinha acontecido com nosso Papai Moupelo, já que ele nem sequer pronunciava seu nome, como se nunca tivesse existido.

No final do discurso, os aplausos duraram pelo menos dez minutos antes que os vigias de corredor nos obrigassem a nos dispersar. Alguns, como eu e Bonaventure, se dirigiram para a biblioteca para fazer as lições da semana seguinte. Outros correram para o parquinho, atrás do prédio central. As meninas foram para o edifício no qual as esperavam a governanta Makila Mabé e suas cinco colegas, Marianne Kinkosso, Justine Batalébé, Pierrette Moukila, Célestine Bouanga e Henriette Mayalama, todas da etnia bembé, empregadas por Dieudonné Ngoulmoumako.

Nosso dormitório era um espaço tão imenso que às vezes para ir conversar com um residente ou outro precisávamos andar a passos largos, e ele nunca esteve tão barulhento quanto naquela noite do anúncio da Revolução. Composto por vinte "blocos" numerados, cada um com dez camas, às vezes beliches, às vezes dispostas lado a lado com um pequeno espaço entre elas, como era o caso para mim e Bonaventure, tínhamos a impressão de viver em um grande bairro animado onde o menor acontecimento era esmiuçado infinitamente ao longo da noite.

As especulações sobre a ausência de Papai Moupelo se espalharam, então, de uma ponta à outra do dormitório e alimentaram as mais profundas conversas nos vinte blocos. O padre, diziam, tinha voltado para seu Zaire natal, onde os crentes o consideravam um enviado do céu, ainda que não tivesse uma grande barba grisalha como a dos verdadeiros profetas da Bíblia. Ele teria, na embriaguez dessa acolhida triunfal, construído uma igreja com tábuas de okoumé graças às contribuições da população e à ajuda financeira do presidente Mobutu Sese Seko Kuku Ngbendu Wa Za Banga, que, segundo esses mesmos rumores, andava com uma bengala e usava um chapéu de pele de leopardo, quando não jogava seus opositores no rio Congo ou os fuzilava e enterrava em um estádio. Lá, os paralíticos recuperavam o movimento das pernas assim que Papai Moupelo gritava "Levantem e andem!"; as mulheres estéreis davam à luz gêmeos, enquanto os homens impotentes acordavam de manhã com a coisa deles bem erguida, ultrapassando o umbigo. Em resumo, Papai Moupelo tinha ido para um mundo mais tolerante que o nosso, onde podia fazer milagres, já que aqui não podia realizá-los por causa da incredulidade do diretor e dos vigias de corredor. Foi com essa nota de esperança que adormecemos, alguns sonhando que Papai Moupelo estava agora vestido todo de branco, com asas que lhe permitiam chegar ao paraíso, outros, como eu, vendo-o já sentado à direita de Deus.

*

Nos próximos dias, quando passávamos em frente à antiga sala de Papai Moupelo, com o coração pesado de tristeza e lamentos, imaginávamos que nossas sombras, agora órfãs, continuavam cantando lá dentro, batendo palmas e dançando ao ritmo dos pigmeus do Zaire. O único problema era que tínhamos dificuldade de imitar o padre se divertindo com elas. O cheiro de naftalina estava ainda mais impregnado, certamente porque estava dentro de nós, ou então porque não podíamos pensar em Papai Moupelo sem pensar que suas roupas estavam guardadas em um baú de ferro, protegidas por esse produto que afastava ou eliminava todo tipo de insetos.

Quanto mais as semanas passavam, mais as palavras afetadas que havíamos memorizado graças a nosso padre se apagavam, assim como as melodias das canções que nos davam coragem para começar a semana na escola...

O diretor havia mobilizado seus contatos para que seus sobrinhos Mfoumbou Ngoulmoumako, Bissoulou Ngoulmoumako e Dongo-Dongo Ngoulmoumako fizessem um treinamento ideológico em Pointe-Noire e se tornassem na sequência os chefes da unidade do Movimento Nacional dos Pioneiros do nosso orfanato. Eles se mantinham, no entanto, sob o controle do tio paterno e principalmente de dois membros da UJSC, a União da Juventude Socialista Congolesa, conhecida como "viveiro" do Partido Congolês do Trabalho, porque era nessa organização que o governo encontrava os jovens que iriam um dia ter responsabilidades políticas no país. Os três sobrinhos do diretor seriam, assim, promovidos a um futuro brilhante, o que irritava os outros três sobrinhos do lado materno, Mpassi, Moutété e Mvoumbi, que, por sua vez, não saíam de suas funções de vigias de corredor enquanto sonhavam em ser também chefes de unidade do Movimento Nacional dos Pioneiros do orfanato. Na impossibilidade de manifestar seu descontentamento com o tio, eles descontavam em nós. O diretor havia claramente privilegiado a linha paterna em vez de optar por uma mistura que poderia ter acalmado os ânimos. Mpassi, Moutété e Mvoumbi consideravam que haviam se tornado subalternos dos outros sobrinhos do diretor, e nós nos deleitávamos com esse clima tempestuoso entre os vigias de corredor, que às vezes estavam a ponto de sair no braço quando o diretor intervinha e ameaçava substituí-los por pessoas do norte — o que bastava para que se acalmassem...

Não era fácil se tornar dirigente de uma unidade da UFSC. O governo devia fazer um pente-fino nos dossiês e levava em conta a etnia dos candidatos. Como os do norte estavam no poder — em particular os mbochi —, os responsáveis pela UFSC eram também mbochi, um grupo étnico que mal representava 3,5% da população nacional. Isso significava que Dieudonné Ngoulmoumako batalhara para impor seus três sobrinhos que não eram do norte, nem mbochi, mas do sul e da etnia bembé. Na verdade a causa só estava parcialmente ganha, já que ainda que os responsáveis políticos da região do Kouilou tivessem aceitado o pedido, haviam lhe proposto um acordo: seus sobrinhos seriam chefes de unidade, mas sob a supervisão de dois do norte, Oyo Ngoki e Mokélé Mbembé, que prestariam contas à seção nacional durante um congresso anual em Brazzaville, no qual estaria o presidente da República em pessoa.

— Por que os dois velhos do norte que vêm toda semana nos conscientizar são membros da União da Juventude sendo que não são jovens e têm cabelos mais brancos do que farinha de mandioca?

Bonaventure não parava de me torrar a paciência. Oyo Ngoki e Mokélé Mbembé eram, de fato, adultos que pareciam não ter tido juventude, com seus ternos escuros e seus óculos fundo de garrafa. Ou falavam conosco como se tivéssemos dois ou três anos, ou utilizavam uma linguagem deles, que um tinha aprendido em Moscou e o outro na Romênia. Mfoumbou Ngoulmoumako,

Bissoulou Ngoulmoumako e Dongo-Dongo Ngoulmoumako imitavam o jeito de falar deles, usando as mesmas expressões que não compreendiam, pois a cada frase escutávamos o termo "dialética" ou o advérbio "dialeticamente":

— É preciso ver o problema de maneira dialética — dizia Bissoulou Ngoulmoumako.

— Dialeticamente falando, o imperialismo e seus criados locais é que escreveram nossa história, devemos inverter as coisas pois a superestrutura não deveria prevalecer sobre a infraestrutura — acrescentava Dongo-Dongo.

— Nós lembrávamos, no entanto, que esses três antigos vigias de corredor não passavam de uns brutamontes sem inteligência antes da Revolução. Mas o diretor lhes havia dado um escritório perto do seu no primeiro andar. Eles se fechavam lá dentro para preparar O Despertar do Pioneiro, um jornal de propaganda que colavam nas paredes da sala do Movimento Nacional dos Pioneiros da Revolução toda segunda-feira de manhã. Nós devíamos ler essa publicação antes de entrar nas salas de aula.

Na verdade, Mfoumbou Ngoulmoumako, Bissoulou Ngoulmoumako e Dongo-Dongo Ngoulmoumako só reproduziam trechos do discurso do presidente da República que eram entregues a eles pelos dois do norte, Oyo Ngoki e Mokélé Mbembé. Cada número continha, entretanto, um editorial do diretor direcionado com zelo ao presidente da República. Dieudonné Ngoulmoumako se esforçava, convencido de que o chefe de Estado o leria na segunda-feira de manhã antes de reunir seu governo para elogiá-lo. Era assim que ele contava nas colunas desse periódico semanal que o presidente da República era invencível e que havia sido enviado a nós por seus ancestrais bantoba. Sua atitude era uma das mais extraordinárias do continente negro, pois durante a adolescência seu primeiro ato de bravura tinha sido capturar um crocodilo pela cauda nas margens do rio Kouyou, botá-lo para dormir com uma bofetada e levá-lo vivo para a casa da vovó Mamãe Bowoulé, para que ela alimentasse a vila inteira com a carne. Enquanto nosso futuro presidente se tornava o terror dos crocodilos, que não ousavam mais sair da água para respirar na margem por conta da presença permanente do garoto superdotado nos arredores, seus colegas mal conseguiam capturar esquilos nas plantações dos pais ou caçar pardais com estilingues que nem sequer quebrariam a pata de uma mosca tsé-tsé. Nosso presidente, então, desde a tenra idade, se preocupava com a comunidade e se sacrificava. Discutia com os gorilas-das-montanhas, protegia os elefantes dos caçadores e falava a língua dos pigmeus, que, no entanto, nunca estudara.

 Seu segundo ato de bravura teria acontecido durante a guerra étnica entre os do norte e os do sul, uma guerra que os primeiros ganharam graças à inteligência precoce do menino, que havia aconselhado ao comandante de sua região que se disfarçasse de senhora e seguisse com ele de mãos dadas, como se fosse seu netinho. Atravessaram o front e conseguiram chegar ao território do sul, onde, ao eliminar o chefe Ngutu Ya Mpangala e o tenente Nkodia Nkouata, provocaram uma debandada que se transformou em humilhação quando os do sul descobriram, no dia seguinte, que haviam sido vencidos, na verdade, por uma senhora desdentada acompanhada do netinho e que os dois não possuíam nenhuma arma de fogo. Diante de tamanha façanha e da inteligência na arte da guerra de que era prova esse adolescente, o chefe de Ombélé, a vila onde vivia esse prodígio, decidiu mandá-lo para a escola militar de Brazzaville. Foi em seguida alocado na República Centro-Africana, seguiu para o Camarões com patente de sargento e participou da guerra que os franceses travaram contra os camaroneses. Quando nosso país se tornou independente, ele foi mandado para a Europa para aprimorar seus estudos militares antes de voltar à terra com a patente de segundo-tenente e a agressividade de um jovem lobo que queria mudar as coisas o mais rápido possível. Ele não suportava o rumo que o governo no poder havia tomado e, com apenas vinte e oito anos, encabeçou a iniciativa de virada política que o levaria ao poder.

Em seus editoriais, Dieudonné Ngoulmoumako enfatizava sumamente que não se tratava de um "golpe de Estado" como diziam alguns livros escritos pelos europeus, conhecidos como os primeiros inimigos de nossa Revolução —, porque havíamos reivindicado a independência e, como demoravam para nos concedê-la, tínhamos derramado nosso sangue para a libertação. O presidente tinha, assim, uma missão de libertação, e a tinha cumprido com coragem e abnegação. Ao criar o Partido Congolês do Trabalho, a União da Juventude Socialista Congolesa e o Movimento Nacional dos Pioneiros, ele só estava escutando aquilo que nossos ancestrais lhe diziam em sonho. A época em que percorrera quilômetros e quilômetros a pé, tendo como alimento um pedaço de mandioca e outro de carne de crocodilo defumada, tinha ficado bem para trás. Segundo Dieudonné Ngoulmoumako, o presidente equivalia a Jesus Cristo, pois ele também carregava nas costas os pecados que o povo congolês havia cometido desde que o mundo é mundo...

Eu me lembro que foi graças ao primeiro número de O Despertar do Pioneiro que tivemos a confirmação de que o governo decidira proibir a religião nos estabelecimentos públicos do país, incluindo os orfanatos, e que a decisão era imediata pois os inimigos da revolução eram muito rápidos na vontade de boicotar nossa caminhada rumo ao futuro. O mesmo governo decretara que o ensino do marxismo-leninismo deveria ser a prioridade do país. Quando tentávamos entender por que Papai Moupelo podia ser indesejável, já que não estava na política, o jornal especificava que era porque ele era um dos cúmplices dos imperialistas e que estes muitas vezes usavam padres para enfraquecer nossa jovem Revolução Socialista Científica. Nós não sabíamos que Mfoumbou Ngoulmoumako, Bissoulou Ngoulmoumako e Dongo-Dongo Ngoulmoumako haviam feito uma caricatura do nosso padre, que o apresentava vestido de mágico do inferno hipnotizando seu público, com uma legenda em negrito: "A religião é o ópio do povo".

Era óbvio que Mfoumbou Ngoulmoumako, Bissoulou Ngoulmoumako e Dongo-Dongo Ngoulmoumako eram incapazes de manter um jornal que trazia expressão tão eloquente e inteligente como aquela. A maior parte dos artigos era concebida e redigida por Oyo Ngoki e Mokélé Mbembé, esses dois "velhos-jovens" que provavelmente também eram os *ghost-writers* de Dieudonné Ngoulmoumako.

*

As centenas de meninas do orfanato, por sua vez, recebiam agora em seu prédio madame Maboké, que falava em nome da primeira-dama, presidente da União Revolucionária das Mulheres do Congo (URMC).

Madame Maboké não parava de mencionar o nome da esposa do presidente, e dizia às meninas o quanto a primeira-dama era sensível à situação delas. Algumas vezes chegava com um exército de velhas mamães que ensinavam a nossas coleguinhas os fundamentos da cozinha com utensílios minúsculos que supostamente condiziam com a idade dessas meninas. Outras vezes eram moças que chegavam para mostrar às meninas os segredos das tranças e da manicure. O orfanato ficava, então, em alerta, pois, lá nos blocos de nosso dormitório, corríamos para as janelas para ver as "gazelas de Pointe-Noire", como as chamávamos, vestidas com calças coladas, saltos agulha, roupas bem justas na cintura e um traseiro que requebrava como grãos de milho sobre óleo de palma quente. Elas perambulavam pelo pátio e nós as cumprimentávamos de longe antes que os perversos Mpassi, Mvoumbi e Moutété aparecessem, hostis à bondade dessas moças de Pointe-Noire em relação a nós, enquanto para eles elas mal olhavam.

Queríamos ser ratinhos para irmos escondidos para o prédio das meninas ver o que essas gazelas de Pointe-Noire lhes ensinavam. De todo modo, nossas colegas residentes do outro sexo exibiam sorrisos — talvez também para nos mostrar que estavam mais felizes do que nós —, e escutávamos o eco de suas risadas ou dos aplausos cujo motivo não entendíamos muito bem, mas que acompanhávamos de nosso prédio, apenas para mostrar-lhes que invejávamos sua felicidade e que nós também adoraríamos ser meninas como elas nesses momentos de alegria.

Duas horas mais tarde, as gazelas de Pointe-Noire voltavam a cruzar o pátio, nos procuravam com o olhar porque queriam nos agradecer por termos aplaudido mesmo que não tivéssemos visto nada, mas não ousávamos desafiar os três vigias de corredor que estavam escondidos em algum lugar não para nos vigiar, mas para melhor escrutinar o traseiro dessas criaturas. Escutávamos, então, com pesar, o barulho de um motor menos tuberculoso do que aquele do veículo de Papai Moupelo: era o carro de madame Maboké, que nem por um segundo desgrudava o olho dessas jovens membros da União Revolucionária das Mulheres do Congo, que tinham por missão ir de orfanato em orfanato para assegurar a boa educação das meninas…

Na verdade, até esse ano em que a Revolução desabou sobre nós como uma chuva que nem mesmo nossos feiticeiros mais reverenciados haviam previsto, eu acreditava que o orfanato de Loango não era uma instituição para crianças pequenas sem pais, ou maltratadas, ou nascidas em famílias que passavam dificuldades, mas sim uma escola para superdotados. Bonaventure era mais lúcido, dizia que esse estabelecimento era um lugar onde haviam reunido pirralhos que ninguém queria, porque quando amamos alguém, quando queremos bem a alguém, saímos com a pessoa, passeamos com ela, não a trancamos em um prédio velho como se estivesse em cativeiro. Ele dizia isso baseado em seu próprio percurso e no fato de que não entendia como uma mãe como a sua, ainda viva, o deixasse lá, no meio de todos aqueles meninos e aquelas meninas que, por causa de "um problema muito sério", tiveram como única saída a admissão em Loango.

Na minha cabeça, em Loango estudávamos para estar acima da maior parte das crianças do Congo. Era Dieudonné Ngoulmoumako que nos fazia acreditar nisso. Ele se gabava, então, de dirigir um dos estabelecimentos públicos cujos resultados escolares nada deixavam a desejar em relação às escolas de ensino infantil, fundamental e médio do país. Do mesmo modo, ele batia no peito ao afirmar que os professores de Loango ganhavam mais do que os colegas da escola infantil Charles-Miningou, do ensino fundamental da escola Roger-Kimangou, e até mesmo do ensino médio da Pauline-Kengué, a mais prestigiosa de Pointe-Noire. Deixava de admitir que, se esses educadores eram mais bem pagos, não era graças à caridade do presidente da República. As despesas do orfanato e os pagamentos dos colaboradores provinham dos descendentes do antigo reino de Loango, que desejavam dessa forma mostrar que a monarquia ainda existia, pelo menos de forma simbólica e pela generosidade de seus herdeiros. Entretanto, na minha percepção, nosso orfanato estava isolado do Congo, talvez até do resto do mundo. Como a escola era lá dentro, nós não sabíamos nada sobre as aglomerações dos arredores como as de Mabindou, Poumba, Loubou, Tchiyèndi, ou sobre a capital econômica, Pointe-Noire, da qual falávamos como se fosse a Terra Prometida que Papai Moupelo evocava em outros tempos.

A localidade de Loango estava, no entanto, situada a apenas vinte quilômetros de Pointe-Noire, e segundo monsieur Doukou Daka, nosso professor de história, ela foi antigamente a capital do reino de Loango, que os ancestrais da etnia vili e outros do sul do país haviam fundado no século XV. Foi nesse lugar que seus descendentes tinham começado a ser submetidos à escravidão. Monsieur Doukou Daka se revoltava contra os brancos que tinham tomado nossos homens mais fortes, nossas mulheres mais belas e os havia enfiado nos porões dos navios para uma fatídica viagem até as terras americanas, onde passaram a ser escravos marcados a ferro quente, alguns com as pernas amputadas, outros com um só braço porque tinham tentado fugir, ainda que lhes fosse impossível encontrar o caminho de casa.

Monsieur Doukou Daka se virava, baixava a voz e olhava em direção à janela como se temesse que alguém além de nós escutasse o que dizia, e nos revelava, então, com um ar de despeito, que muitos comerciantes ricos de Loango tinham participado desse tráfico e enviado seus filhos para uma região da França, a Bretanha, onde estudavam os segredos desse negócio.

— Vejam — murmurava ele —, fomos vendidos pelos nossos iguais às vezes, e se um dia vocês cruzarem com um negro americano, digam que ele poderia ser um membro da família de vocês!

Ele parecia ter raiva dos vili, sobretudo porque ele próprio era yombé, uma etnia desprezada pelos que a consideravam uma tribo de bárbaros da floresta do Mayombe. Os vili e os yombé, embora majoritários na região do Kouilou, se acusavam mutuamente de serem os responsáveis pela desgraça por que passaram nossos ancestrais.

Ficávamos chocados quando monsieur Doukou Daka revelava, com os braços ao longo do corpo para melhor enfatizar seu desprezo:

Além do mais, esses vili escravizavam pessoas de minha etnia e as vendiam a outros reinos vizinhos! Então não me venham contar que foi por causa dos brancos que eles aprenderam os estratagemas da escravidão! Os brancos ainda não estavam por aqui nessa época, ponto-final!

Depois, para não deixar a atmosfera sombria demais, porque ficávamos perplexos ao descobrir que negros vendiam negros, ele nos dizia para termos consciência de que vivíamos em um lugar carregado de história, que o antigo palácio do rei vili Mâ Loango ficava a apenas dois quilômetros do orfanato, em Diosso, e que havia sido transformado em um museu que alguns de nós teríamos a chance de visitar nos anos seguintes se conseguíssemos tirar o diploma do ensino secundário.

Durante esse período, no pátio, percebendo que a maior parte das crianças só falava sobre Pointe-Noire, cidade ao mesmo tempo enigmática e misteriosa a nossos olhos e elogiada por monsieur Doukou Daka, que vinha de lá, os vigias de corredor passaram a nos advertir, a fim de acabar com qualquer tentação que pudéssemos ter de fugir para esse paraíso, que para nosso próprio bem tínhamos sido afastados das crianças da capital econômica e que estávamos em uma ilha, a mais bonita do mundo. Se escapássemos de lá acabaríamos caindo no mar e seríamos engolidos pelos tubarões mais esfomeados do oceano Atlântico. Acrescentavam que esses tubarões eram espíritos maléficos cuja maldade assassina havia sido atiçada pelos feiticeiros de Pointe-Noire. Senão, por que os corpos encontrados na Costa Selvagem eram de menores de idade? A tragédia acontecia da mesma maneira: a futura vítima se via diante de Mami Wata, uma criatura meio mulher, meio peixe que surgia no mar, peito desnudo, cabelos dourados que desciam pelos ombros e olhos tão claros quanto a luz do meio-dia. Essa mulher sorria para a criança, abrindo-lhe os braços. Quando esta ia em sua direção gritando "Mamãe! Mamãe!", ela gargalhava, e o eco de sua risada provocava a ira das ondas, que ultrapassavam de repente a altura dos prédios mais altos da cidade, enquanto a mulher-peixe se transformava bruscamente em tubarão tenaz e arrastava a pobre criança para as profundezas marinhas. O povo diria, no dia seguinte, que era Nzinga, a antepassada do reino Kongo, que tirara a vida do desafortunado, enquanto tudo isso era obra de algumas feiticeiras de Pointe-Noire que haviam usado a máscara daquela de quem todos nós descendíamos a fim de colocar nela a responsabilidade pela tragédia. Os vigias de corredor aproveitavam esse momento em que a dúvida e o medo tomavam conta de nós para especificar que quando um moleque desaparecia na Costa Selvagem dizia-se sempre que havia sido comido por um tubarão enviado pela antepassada Nzinga, ainda que seu corpo tivesse sido encontrado dois dias depois, sem nem um arranhão, vomitado pelo mar que não o queria mais.

Monsieur Doukou Daka ria dessas conversas para boi dormir pois, ele nos perguntava, por que nossa antepassada Nzinga se lançaria no meio do oceano sendo que era a mãe de todos nós, aquela que havia dado à luz o grande reino Kongo? Por que atacaria as crianças sendo que ela própria tinha três filhos: os gêmeos N'vita Numi e Mpaânzu a Nimi e uma menina, Lukeni Lwa Nimi? Se não os tivesse tido, nós não teríamos conhecido o povo kongo, e então nosso país não teria existido, concluía ele...

Não ficamos surpresos ao ver que Dieudonné Ngoulmoumako fizera monsieur Doukou Daka ser cortado da lista de professores efetivos de Loango, mandando-o de volta para sua cidade de Pointe-Noire que ele parecia tanto amar. O diretor explicara a seus superiores em uma longa carta que nosso professor de história não passava de um impostor que incita-va as crianças a fugir do orfanato e que lhes ensinava a odiar os vili ao disseminar a ideia de que eles haviam colaborado com os brancos no tráfico de escravos e que os negros vendiam também outros negros. Como a Direção da Inspeção das Escolas e a Direção Regional do Ensino Infantil e Fundamental estavam aos cuidados de pessoas da etnia vili, Dieudonné Ngoulmoumako não teve muito problema para conseguir a cabeça de monsieur Doukou Daka, que foi mandado para uma escola de Mpaka, um bairro periférico de Pointe-Noire. Outro professor de história, monsieur Montoir, o substituiu. Era branco e nos ensinava principalmente a história da França, na qual não encontrávamos mais os mesmos personagens descritos por monsieur Doukou Daka. Não havia mais reino Kongo, não havia mais reino Loango, e não escutávamos mais falar dos vili, dos téké, dos yombé, menos ainda da nossa antepassada Nzinga e de seus filhos N'vita Numi, Mpaânzu a Nimi e Lukeni Lwa Nimi. Era, aliás, a primeira vez que muitos dentre nós víamos de perto um branco, já que pensávamos que os indivíduos dessa cor eram imperialistas que trabalhavam com os criados locais para impedir o bom andamento da nossa Revolução. O diretor entendeu nossa confusão e nos disse um dia, durante o discurso diário antes do hasteamento da bandeira e em presença de monsieur Montoir, que corava:

— Este branco não é um imperialista, ele é a exceção que confirma a regra, e pelo menos o que ele lhes ensinará os deixará mais inteligentes que os branquelinhos da França, porque esse imbecil do Doukou Daka não passava de um impostor, e me pergunto ainda onde ele conseguiu seu diploma! Aplaudam este branco!!!

O diretor recebia cada vez mais membros do Partido Congolês do Trabalho, e nós devíamos nos comportar bem diante deles. Quando essa "gente do alto escalão" planejava visitar nossas aulas, ele ficava rabugento, gritava que, se nos comportássemos como esses pirralhos de Pointe-Noire que nos fascinavam tanto e que não tinham respeito pela bandeira nacional e pelos representantes do partido, receberíamos um castigo que ficaria gravado em nossa memória até o fim de nossos dias. Ele nos preparava, então, para essas visitas, ditando como nos portar diante de seus convidados.

É claro que não esperávamos que esses membros do partido, tensos e formais, ao contrário de Papai Moupelo, nos fizessem dançar ou cantar na sala do Movimento Nacional dos Pioneiros. Já que esses homens do PCT não falavam lingala, nós nos perguntávamos se entendiam de verdade o que estavam dizendo em seu francês cheio de advérbios e particípios presente. Sua escolha de vocabulário se baseava nas palavras mais compridas, que nós chamávamos de "palavrões". "Anticonstitucionalmente" era sua palavra preferida, ou ainda "intergovernamentalização", uma palavra que o primeiro-ministro foi o primeiro a usar, porque até então os ministros trabalhavam cada um em seu canto e era preciso criar um diálogo entre os ministérios. Por outro lado, era o secretário do Partido Congolês do Trabalho, o camarada Oba Ambochi, que, para atormentar os imperialistas e seus criados locais, sustentava que eles estavam constipados por conta da vitória de nossa Revolução e sofriam, agora, de "apopatodiafulatofobia".

Nós nos enfileirávamos diante da bandeira vermelha e escutávamos esses discursos tão preparados e empolados que alguns de nós sofriam, no dia seguinte, de cefaleia. Assim como na época de Papai Moupelo, empregávamos durante o sono as mesmas palavras rebuscadas que esses membros do partido. Exceto que pela primeira vez, mesmo nos sonhos em que, apesar de tudo, aquele que sonhava podia levantar montanhas, transpassar a Amazônia ou o rio Congo ou beber toda a água do oceano Atlântico em alguns minutos cronometrados, era impossível para ele pronunciar de uma só vez a palavra "apopatodiafulatofobia"...

*

Usávamos braceletes com nossos sobrenomes — eu precisava de um em cada braço por conta da extensão do meu. Em grupos de dez, executávamos tarefas "comunitárias" aos domingos, e como esse mesmo ano em que a Revolução chegou ao orfanato foi decretado pelo presidente da República o Ano da Árvore, ao plantar ele mesmo na entrada do Palácio do Povo um pé de graviola diante das câmeras da televisão nacional, nós também devíamos, segundo Dieudonné Ngoulmoumako, plantar um pé de graviola atrás do prédio central, o que fez Bonaventure perguntar:
— É o dia de todas as árvores ou só da graviola?

— Kokolo!

— Você me chamou de novo de Kokolo! Isso não é nada legal!

Quem varria o pátio aos domingos eram, normalmente, os residentes que não tinham recitado de maneira correta o último discurso do presidente. Mas Dieudonné Ngoulmoumako podia decidir dar uma vassoura a quem não baixasse o olhar diante da equipe ou dos membros do partido. Ele prendia os recalcitrantes nessa sala da Revolução que agora não passava de uma masmorra para forçá-los a aprender as obrigações dos pioneiros da Revolução Socialista Científica, com uma porta metálica pesada e um buraco pequeno pelo qual lhes passavam alguma comida estragada. Esses "prisioneiros da Revolução" — que era preciso diferenciar dos "pioneiros da Revolução", mais corretos, mais preparados e mais obedientes — não tinham outra escolha a não ser escutar sem parar a voz oscilante do nosso presidente da República graças a um toca-fitas que o governo fornecera às instituições como a nossa, que estavam subordinadas agora ao Ministério da Família e da Infância...

*

Éramos trezentos e três residentes, na verdade trezentos e três papagaios com conhecimentos cujo interesse imediato naquele momento não faziam sentido para nós. Só tínhamos isto para fazer: decorar coisas que, diziam, nos seriam de grande utilidade assim que, para nós, meninos, a barba crescesse no nosso queixo; e, para as meninas, assim que os seios fossem tão pesados quanto mamões papaia maduros e que seu traseiro enlouquecesse os homens...

Era, tenho certeza, o medo de nos tornarmos prisioneiros da Revolução o que nos fazia, de repente, lembrar com exatidão que nosso país estava bem em cima da linha do Equador, que tinha uma área de trezentos e quarenta e dois mil quilômetros quadrados, que as nações mais próximas de nós eram Gabão, Angola, Camarões, República Centro-Africana e também o Zaire, com quem temos em comum o rio Congo. E devíamos também lembrar que, antes da chegada dos colonizadores espanhóis e de nossa cristianização, a união de vários desses países vizinhos com o nosso formava um vasto território, o reino do Kongo, e que era uma mulher corajosa e devota chamada Nzinga, mãe de três crianças, dois meninos gêmeos e uma menina, a nossa antepassada.

Com a Revolução, eu tive rapidinho que mudar de estratégia e me tornar, então, aquele que recitava sem titubear os discursos do presidente da República durante as aulas de conscientização. Esses membros do partido que nos visitavam me parabenizavam, e era por isso que Dieudonné Ngoulmoumako me colocava na primeira fileira e me pedia para levantar o dedo para fazer tal ou tal pergunta que ele preparara e que, no geral, destinava-se a elogiá-lo e a mostrar como ele conseguira nos colocar no caminho da Revolução.

Eu era particularmente invencível quando tinha que declamar o discurso memorável no qual o presidente homenageava os trabalhadores, e sobretudo as mulheres de nosso país. Ele dizia nesse momento:

— Elas estão lá desde as primeiras horas do dia, com todos os filhos e até mesmo os pequenos. Elas transformam a natureza, criam, trabalham para a produção. Há também alguns homens ocupados com a mesma tarefa e todos aqui, em nossa capital, fazem parte da classe camponesa pobre que é a mais importante de nossa sociedade. Percebi que há uma grande diferença entre o que eu quero e o que eu obtenho, entre o que eu digo e o que se faz real ou concretamente. Percebi e percebo cada vez mais que pode existir um vazio entre as diretivas e a execução, entre a teoria e a prática...

O que entendíamos desses devaneios e dos outros que nos soltava o diretor, que tinha a arte de misturar seus discursos com os do presidente da República? Eu sabia agora como alimentar seu orgulho. Bastava que eu declamasse seu último editorial do Despertar do Pioneiro para vê-lo sorrir, assentir com a cabeça durante toda a recitação e me dar uma caneta Bic, o que era um acontecimento por si só, já que se sabia que ele não era lá muito mão-aberta.

Às vezes, e eu sabia disso, Bonaventure se fingia de bobo para tirar um belo sarro da maioria dos residentes, inclusive eu. Era esse o caso quando ele implorava para que eu lhe reexplicasse a lição que tínhamos visto em sala.

— Você acha que o monsieur Ngoubili tem razão quando diz que se dois verbos aparecem na sequência o segundo tem que estar no infinitivo?

— É assim, é a regra! — eu lhe respondia um pouco surpreso com a pergunta, já que tínhamos aprendido essa lição fazia mais de dez dias.

— E se não respeitarmos essa regra, o que vai acontecer?

— Bom, as pessoas vão falar e escrever de qualquer jeito e nunca vão se entender...

— Sim, mas se tiver quatro, seis ou dez verbos na sequência como fazemos para arrumar tudo isso? Porque o monsieur Ngoubili só falou sobre dois verbos!

— Por que você quer que quatro, seis ou dez verbos fiquem na sequência como se não tivessem mais nada para fazer? Você já viu isso em algum lugar do mundo?

Então coçava o queixo, com cara de quem está refletindo

intensamente. Eu adorava sua pele bem preta e sem manchas e esse queixo com uma covinha que ficava ainda mais funda quando ele estava de bom humor. Seu rosto magro e anguloso era compensado por uma estatura robusta que meteria medo em qualquer menino que procurasse encrenca com ele. Mas na verdade ele não passava de um ídolo de pés de barro.

— Vários verbos podem aparecer um depois do outro se, por exemplo, estamos fazendo dez coisas ao mesmo tempo e...

— Fazendo o que, por exemplo?

— Comer, beber, fazer xixi, dormir, acordar, escovar os dentes, abrir a janela e...

— Não dá para fazer tudo isso ao mesmo tempo, melhor fazer cada coisa bem...

— Foi só um exemplo, e você já briga comigo como os outros porque acha que é mais inteligente do que eu! Você também quer me bater? Quer que eu já deite no chão para ficar mais fácil?

— Não, não vou bater em você, e nunca te bati, você sabe disso! Nós somos irmãos, e eu não sou como esses malvados que estão jogando futebol agora e que daqui a pouco vão tentar te machucar...

Bonaventure sabia quem era sua mãe. Na época ela vinha a Loango, apesar de não a vermos mais depois da Revolução, sem que isso parecesse, no entanto, afetar seu filho.

Zacharie Kokolo, seu pai biológico de quem herdou o nome, desaparecera assim que a gravidez fora anunciada. Era funcionário público da Sociedade Nacional de Eletricidade e de Distribuição de Água, a SNEDA. Tinha sido ele, aliás, quem havia contrabandeado mostradores de medição de água e de eletricidade para a mãe do meu amigo para que ela não tivesse que pagar pelo consumo durante anos e anos ou que desembolsasse apenas uma quantia ridícula com a qual mal se podia comprar uma garrafinha de água no Mercadão de Pointe-Noire. Ele se dedicava a esse tráfico na cidade inteira em troca de uma quantia que os moradores lhe pagavam. Não tinha nada a temer, pois estava de conluio com alguns dos responsáveis pela SNEDE. A mãe de Bonaventure teria sido uma cliente como qualquer outra se Zacharie Kokolo não tivesse segundas intenções a ponto de conseguir convencer a pobre mulher de que ela se tornaria sua segunda esposa. Então, ele a visitava às sextas-feiras e aos sábados depois do almoço e só voltava para sua casa por volta das seis da tarde, em Loandjili, do outro lado de Pointe-Noire, onde sua esposa e seus quatro filhos o esperavam. O outro homem da mãe de Bonaventure se chamava Mbwa Mabé. Os habitantes de Voungou o chamavam de "o titular da posição", e ele costumava chegar três horas depois, após um longo e cansativo dia de trabalho como caminhoneiro entre a localidade de Tchibamba e a fronteira de nosso país com Angola. Se seu apelido era "o titular da posição", era porque ele estava lá muito antes do funcionário público Zacharie Kokolo e quase nunca cruzava com ele, por causa da profissão. De um lado, o caminhoneiro Mbwa Mabé era solteiro, sem filhos, não queria nem casamento nem descendentes e desaparecia no interior do país para voltar só um ou dois meses mais tarde.

Do outro, Zacharie Kokolo, que tinha um emprego realmente estável na SNEDE, deixava para o dia de São Nunca sua promessa de noivado e, portanto, de assumir que a mãe de Bonaventure seria sua segunda esposa. E esta entendera que, assim como muitas mulheres de Pointe-Noire que haviam decidido se contentar com o pequeno espaço que lhes oferecia o homem casado com quem se relacionavam, ela passaria o resto da vida sendo o estepe do funcionário público, e não haveria nenhum jeito de obrigá-lo a mudar de opinião. A não ser, quem sabe, se uma criança viesse a nascer dessa união às escondidas na qual o funcionário, preocupado em manter uma reputação que estava, no entanto, bastante prejudicada por causa de suas atividades ilícitas, ainda assim espiava à esquerda e à direita antes de entrar ou de sair da casa da mãe de Bonaventure.

Quando ela ficou grávida, foi tomada pela dúvida. Calculando as datas de suas menstruações e as da fertilidade, tudo convergia para o funcionário público da SNEDE, pois Mbwa Mabé havia estado fora de Pointe-Noire por mais de sessenta dias para orientar os caminhoneiros de um comerciante rico que acabava de comprar três caminhões Isuzu. Zacharie Kokolo estava ciente da existência do "titular da posição", e quando a mãe de Bonaventure lhe mostrou que era impossível que o outro fosse o pai da criança, ele não resmungou e fingiu adotar uma atitude responsável do tipo "Bom, minha querida, isso iria acontecer um dia, e não entendo por que as pessoas ficam desconcertadas. É nosso filho, vou tomar conta dele como tomo dos outros, você não deveria se preocupar...".

Mas para a grande surpresa da mãe de Bonaventure, o funcionário público sumiu do mapa. Teria ele percebido que, se continuasse vendo a amante, a situação chegaria aos ouvidos da esposa, que, até então, imaginava que mesmo se seu marido a traísse, não teria a audácia de fazer um filho pelas suas costas? Quantas vezes a mãe de Bonaventure não tinha aparecido diante do escritório da SNEDE na esperança de cruzar com ele e de escutar de sua boca a verdadeira explicação para essa covardia? Ela era barrada na recepção, e lhe repetiam que o funcionário estava ocupado, que entraria em contato mais tarde.

Dois meses depois, ofendida por essa deserção, ela voltou à recepção da companhia e ameaçou levar a situação aos tribunais. Diante do pessoal da segurança, que se apressava em reprimi-la, ela levantou a roupa e lhes mostrou a barriga que se arredondava precocemente. Foi depois dessa cena que toda a equipe da companhia passou a comentar que Zacharie Kokolo decidira levar as coisas a sério. Ele tinha contatos e queria que todos soubessem. Começou usando sua rede para inverter a situação e denunciar a ex-amante para a SNEDE. A empresa lhe enviou em menos de quarenta e oito horas faturas de água e de eletricidade de vários anos a serem pagas no prazo máximo de sessenta dias. Na sequência, arrastou a amante para a justiça dois meses antes do nascimento de Bonaventure, afirmando que havia sido ela própria quem traficara os mostradores de água e de eletricidade.

A sala de audiência estava lotada como se fosse um julgamento com júri popular. A maior parte era de habitantes de Voungou que estavam lá não para apoiar a acusada, mas para saber como o tribunal julgaria o delito, já que muitos dentre eles tinham da mesma forma pedido a Zacharie Kokolo ou a outros trabalhadores da SNEDE, certamente presentes na sala, que traficasse seus mostradores.

A Companhia Nacional teve ganho de causa. Porém, devido à situação da mãe de Bonaventure, que estava com a barriga prestes a explodir, a SNEDE abriu mão de entrar com uma ação judicial e se contentou em exigir a reparação dos danos que havia sofrido.

A mãe de Bonaventure passou, assim, da luz ofuscante à sombra mais escura; das lâmpadas às lamparinas, da água filtrada àquela que ela devia agora pegar no rio e ferver para que ficasse limpa e potável.

Com o nascimento do filho, decidiu chamá-lo de Bonaventure Kokolo porque no fundo sempre tinha sido apaixonada pelo funcionário público e achava normal que a criança levasse o nome do pai verdadeiro, quisesse ele ou não, estivesse presente ou ausente.

"O titular da posição" havia rompido completamente com a mãe de Bonaventure e percorria as estradas do interior ao volante dos caminhões Isuzu daquele comerciante rico, que acabara por contratá-lo e por oferecer-lhe um alojamento em Tchibamba, onde, talvez, tivesse enfim se casado e começado a pensar em ter filhos.

Depois de dois meses, durante os quais a jovem mãe não via como se virar sozinha com Bonaventure, uma de suas primas lhe falou sobre o "bembé" que dirigia o orfanato de Loango e que bastava que ela se exprimisse em bembé, uma língua que falava bem, ainda que fosse da etnia dondo, para que o diretor desse um parecer favorável a seu pedido.

Quando a jovem mãe chegou com Bonaventure nos braços à porta de entrada da instituição, eu já estava lá havia uma semana, e nós dois tínhamos dois meses...

*

Eu entendia a irritação de Bonaventure quando eu o chamava de Kokolo, mas será que eu tinha o direito de chamá-lo de outra forma que não por esse sobrenome que sua mãe registrara na certidão de nascimento e que, além do mais, correspondia ao sobrenome de seu progenitor verdadeiro?

Apesar de meus esforços para chamá-lo de "Bonaventure", era o sobrenome Kokolo que saía da minha boca. Quando ele estava feliz — sobretudo nos dias em que tinha carne vermelha com feijão na cantina —, não ficava tão amuado. Eu até conseguia ver certo orgulho em seu rosto, o orgulho de ser filho de um funcionário público, ainda que este não passasse de um frouxo. Bonaventure se gabava, então, de que seu pai era rico, que possuía terrenos e casas em Pointe-Noire. Depois, de repente, sua cara fechava, a covinha de seu queixo desaparecia. Eu sabia, então, que ele alimentava uma raiva contra esse homem que, como eu já tinha repetido várias vezes, poderia tê-lo tirado do orfanato num piscar de olhos e ter lhe dado outro destino.

Afastando o prato, ele me descrevia agora um ser frio, aproveitador e apreciador de jovens. Essas palavras pareciam, na verdade, sair da boca de sua mãe, que queimava o filme desse indivíduo cada vez que falava dele ao filho. Como, de outra maneira, Bonaventure poderia ter ficado a par dos comportamentos de um ser que ele nunca tinha visto e que ele considerava o mais egoísta, o mais desprezível, mas o mais rico do planeta?

*

Minha amizade com Bonaventure era como a de um paralítico com um cego. Ele andava por mim, eu via por ele, e às vezes era o contrário. Quando não o via, procurava-o em todo canto. Começava pelo parquinho, passava pelo armazém, depois ia para trás da antiga sala de catecismo e encontrava-o lá, sentado no chão, balançando a cabeça tal qual uma lagartixa. Com a ajuda de um graveto, ele desenhava no chão um avião que dizia ser aquele que aterrissaria um dia em frente ao orfanato só para buscá-lo. Sua paixão por aviões era tão obsessiva que assim que escutava um passando no céu não parava mais quieto, corria para a janela e ficava lá um tempão, até que desaparecesse entre as nuvens.

Ele se virava para mim, com ar abatido:

— O avião não pousou aqui... Me esqueceram de novo.

Já que Bonaventure ainda me perguntava sobre Papai Moupelo, expliquei a ele que um dia seria preciso que nós nos acostumássemos a essa situação e que, de todo modo, deveríamos jogar o jogo da Revolução, e assim aprender os discursos do presidente da República em vez de rezas e danças do norte e dos pigmeus do Zaire.

— Não quero saber dessa Revolução deles, quero ver o Papai Moupelo de novo! — reclamava ele.

Uma tarde, quando estávamos no parquinho, bem afastados dos meninos que jogavam futebol, um esporte para o qual nem eu nem ele tínhamos talento, eu o encarava, talvez com um pouco mais de insistência que o normal, pois ele estava me dando pena e parecia mais abalado do que eu com a ausência do Papai Moupelo.

— É muito sério? — ele se alarmou.

— Eu estava pensando que você tem sorte, porque pelo menos tem uma mãe que conhece e…

— Não me fale dela, Moisés!

No fundo, Bonaventure não era um menino detestável. Sem dúvida era um pouco sensível demais e costumava esconder essa natureza que poderia ter, entretanto, mudado a perspectiva negativa que muitos tinham sobre ele. Ele tinha tudo para não estar conosco em Loango, e eu não parava de me perguntar se não seria possível que seu pai biológico viesse buscá-lo mesmo agora que ele tinha treze anos e que chegasse o tempo em que os dois seriam obrigados a aprender a se conhecer e em que o pai deveria se desculpar com o filho.

Bonaventure Kokolo tinha chegado em Loango no mesmo ano que eu e, tendo crescido juntos, tendo sido mimados pela faxineira Sabine Niangui, nós nos sentávamos lado a lado na classe, assim como durante as aulas de catecismo, nas quais, quando ele se ausentava por conta de uma febre ou de uma diarreia — eram as duas doenças principais que o incapacitavam —, Papai Moupelo vinha me perguntar, como se eu fosse o único nos vinte blocos do dormitório e entre os duzen- tos outros meninos a poder dar notícias de meu coleguinha. Eu lhe respondia que Bonaventure tinha ido para a enfermaria, que descansava em sua cama e que Sabine Niangui cuidava dele.

Mais tranquilo, Papai Moupelo brincava:

— É melhor ele tomar direitinho seus remédios, pois não quero que ele polua nosso ar com sua diarreia!

Não sei o que me levava a acreditar que eu era seu irmão mais velho e que tinha, portanto, o dever de protegê-lo, quiçá de subir o tom quando fosse preciso. Talvez fosse por causa de sua covardia, pois assim que um residente ameaçava agredi-lo ele já se jogava no chão e fechava os olhos para não ver os golpes. Então eu intervinha para tirá-lo dessa posição humilhante e lhe lembrava de que ele devia mostrar pelo menos uma vez aos outros que era capaz de ser maldoso ou de bancar o espertinho mesmo com os mais fortes e mais temidos do orfanato. Ele sabia que se com a minha chegada seus agressores paravam de maltratá-lo era porque se lembravam de como eu havia me vingado dos gêmeos Songi-Songi e Tala-Tala, esses mandachuvas que aterrorizavam os vinte blocos do dormitório. Eles tinham tido a péssima ideia de roubar o colchão de Bonaventure para trocá-lo com o de Songi-Songi, que havia derrubado molho de amendoim com óleo de palma no seu e temia as represálias dos vigias de corredor. Bonaventure denunciou a situação ao diretor e os gêmeos viveram os piores quinze minutos de suas vidas, pois apanharam ao mesmo tempo do guarda Petit Vimba e dos vigias Mpassi, Moutété e Mvoumbi no escritório do diretor, o que significava que tinham cometido uma infração muito séria. Os gêmeos esperaram uma semana, o tempo necessário para que sua desventura desaparecesse da mente dos residentes, e passaram à ação. Bateram em Bonaventure no parquinho, em frente a uns dez meninos que soltavam gritos de alegria em vez de avisar os vigias de corredor. Eu também tinha esperado uma semana depois dessa humilhação para roubar umas pimentinhas em pó do refeitório e vingar a honra de meu amigo sem que ele ficasse a par disso.

  Minha cama e a de Bonaventure ficavam no bloco quatro, junto com as de outros oito colegas que dormiam como bebês naquela noite em que me levantei na ponta dos pés para ir até o bloco seis, onde espalhei essa pimenta em pó na comida que esses gêmeos glutões guardavam debaixo das beliches e comiam por volta da meia-noite ou uma da manhã. Eu sabia onde eles a escondiam e era muito fácil para mim deitar no chão bem em frente ao bloco deles, estender o braço direito, abrir a tampa do prato de plástico e colocar toda a minha pimenta em pó lá dentro.

Às duas horas da manhã, eu dormia com um olho aberto e o outro fechado, e ria debaixo do lençol enquanto eles quase saíam no braço.

— Foi você que apimentou essa comida desse jeito? Tem tanta pimenta que eu nem sinto o gosto da carne de antílope!

— Ah, não, foi você!

— Não fui eu, foi você!

Antes do primeiro canto do galo e dos gorjeios dos come-algodão, os gêmeos se revezaram na privada, incomodando o dormitório inteiro. A noite seguinte foi a mais terrível: eles sofreram de disenteria, ficaram de cama, e foi o vigia Mvoumbi, e não Sabine Niangui que lhes deu os remédios...

Atacar esses dois valentões era em si uma proeza, ainda que eu tivesse feito isso pelas costas deles. Mas eu tinha consciência de que o bumerangue voltaria na minha cara. Songi-Songi e Tala-Tala não eram zés-ninguém. Quatro anos mais velhos do que eu, tinham vindo de um pequeno orfanato de Pointe-Noire e foram transferidos para Loango com a intenção de receberem, diziam, uma educação exemplar e a oportunidade de se reinserir na sociedade. Aqui, diferentemente daquela instituição que se contentava em esperar que casais viessem adotar as crianças, os gêmeos se beneficiaram de uma boa escolaridade. Mas como eram obstinados, desafiavam sem descanso a autoridade do diretor e dos vigias de corredor, e não havia um só dia em que não fossem castigados ou humilhados diante de todo mundo, como quando eram presos como cachorros ao pé de uma casuarina e deixados lá mesmo se chovesse.

O diretor dizia:

— Assim eles vão entender que a vida não é asfalto!

Fazia, com isso, referência à estrada asfaltada que saía de Loango e ia até Pointe-Noire e que, segundo ele, era sinônimo de direção agradável. Na verdade, o diretor nos incentivava a detestar esses moleques, e assim nos incentivava, sem dizê-lo claramente, a maltratá-los em qualquer oportunidade. Tinha sido ele próprio quem havia tolerado que os vigias de corredor, em particular Mvoumbi e Mpassi, contassem aqui e acolá que os gêmeos tinham sido transferidos para Loango depois de uma briga em que haviam furado o olho de um menino mais velho — mas qual dos dois o havia furado, já que a vítima tinha dúvidas e que os dois irmãos assumiam o ato sem, entretanto, revelar quem o havia cometido? Esse pobre garoto estava lhes devendo comida, e eu não entendia como podíamos dever comida a alguém como se fosse dinheiro e que isso tudo terminasse de um jeito assim tão dramático. Mas Songi-Songi e Tala-Tala iam ainda mais longe pois ameaçavam de morte seus colegas, que não tinham outra saída a não ser lhes prometer suas refeições do dia seguinte e do outro dia, a ponto de alguns deles não comerem durante dois ou três dias. Talvez devido a seu tamanho — eram pelo menos duas cabeças e meia mais altos do que nós — e ao passado de bandidos precoces que tinham, se impuseram já de saída como nossos chefes de bloco e nos acostumaram a certos hábitos dos meninos de Pointe-Noire. Vasculhavam as lixeiras do orfanato, encontravam bitucas de cigarro jogadas aqui e acolá pelos funcionários, sobretudo pelo diretor e pelos vigias de corredor, que dispensavam quase metade do cigarro para acender outro logo na sequência. Nós também tínhamos nos tornado pequenos fumantes, trocando com Songi-Songi e Tala-Tala nossa comida por essas bitucas que nos excitavam tanto que ríamos como hienas. Foi, aliás, a primeira vez que engoli fumaça, tossi e tive a sensação de que ia botar os pulmões para fora. Procurava em vão o que levava o diretor e os guardas a adorar essa droga, a consumi-la sem incômodos enquanto eu sufocava, sentia fogo em meu tórax. Os gêmeos nos ensinaram as atitudes dos adultos quando fumavam: a cabeça devia estar um pouco enviesada, o olho direito meio fechado, o cigarro entre o indicador e o dedo do meio, a ponta do filtro preso de leve entre os lábios. Era preciso esperar um pouco entre duas tragadas, fingir que estava tendo uma conversa entusiasmada com os outros.

Não, eu não estava em guerra permanente contra os gêmeos. Ao contrário, eles gostavam de mim porque eu sabia ficar calado e porque, no fundo, tinham certeza de que, diferente de Bonaventure, eu não denunciaria seus esquemas para os vigias de corredor. E ainda, se quisessem que eu recitasse para eles o último discurso do presidente da República, para que o decorassem e não se encrencassem mais uma vez com o diretor, eu o fazia só para eles, para agradá-los, com a voz estável, o queixo bem alto. Eu podia, então, guardar minha comida ou receber uma porção extra que eles tinham pegado de outro residente. Era a minha recompensa, porque eu não reagia quando tiravam sarro da minha cara enquanto eu me esforçava para ficar parecido com o chefe de Estado, para imitar seus tiques e me curvar um pouco para ficar tão baixo quanto ele. Eu não gostava dessa situação, pois ficava parecendo um pinguim com minha camisa branca e meu colete preto. E depois, como os gêmeos tinham encontrado o joguinho e o ator deles, bastava que me apontassem o dedo para que eu começasse no mesmo segundo, sem entender por que gargalhavam sendo que o que eu recitava não tinha nada de engraçado. Totalmente ereto, eu continuava, imperturbável:

— O presidente da República e chefe do Partido Congolês do Trabalho disse diante das delegações das federações dos dirigentes da Confederação Sindical Congolesa: "O que importa se o chefe é do norte ou do sul. Nenhuma região pode pretender bastar por si só, nenhuma tribo pode viver isolada. A interdependência das tribos e das regiões constituirá a nação congolesa que nós desejamos indivisível. Apenas a unidade nacional no trabalho, na democracia e na paz pode assegurar ao nosso povo vitórias concretas sobre o imperialismo e o subdesenvolvimento…".

*

Ao despejar pimenta em pó na comida dos gêmeos, eu sabia que isso podia me custar um olho. Mesmo que eu tivesse feito tudo isso por ele, Bonaventure sentia tanta compaixão pelos dois que eu não tinha mais a consciência tranquila.

— Moisés, é sério, é muito sério! Eles estão muito doentes, vão morrer! Envenenaram os dois e eles estão com uma diarreia mais séria do que aquela que eu tenho normalmente! Alguém tem de fazer alguma coisa, não quero que eles morram! Não é uma diarreia normal!

Ele tinha na cabeça uma lista de culpados e acusava a equipe do estabelecimento, sobretudo o diretor, que não escondia seu descontentamento por ter esses dois irmãos em seu orfanato e às vezes explodia:

— Mandaram esses siameses delinquentes porque eu tenho a mão firme e vou saber colocá-los no bom caminho, mas eles já foram mal-educados em outro lugar! Confundem meu orfanato com um estabelecimento penitenciário, e eu me vejo com bandidos dessa laia! O lugar desses dois não é aqui! Trouxeram seus maus costumes de Pointe-Noire para Loango!

Assim que se recuperaram, Tala-Tala veio falar comigo enquanto eu ia para os chuveiros comunitários:

— Está contente com você mesmo? — ele me perguntou.

— Contente por quê?

— Ah, você acha que eu não vi nada? Você sabe bem! E é por isso que desvia os olhos! Olha para mim e diz que não tem nada a ver com nossa diarreia!

Como eu não levantava a cabeça, ele concluiu:

— Tudo o que você faz, de dia ou de noite, meu irmão e eu vemos em sonho! Não é por ter vindo para essa casa bem antes de nós que vamos te respeitar, não. E depois, estou me lixando para Sabine Niangui, que te protege como se fosse sua mãe, vamos dar uma surra nela, assim você não vai mais fazer besteira!

— Não, Sabine não, deixem ela em paz!

— Então por que você colocou essas pimentas na nossa comida, hein?

— Bonaventure não é um menino ruim, e desde que vocês chegaram aqui ele não tem mais sossego, vocês batem nele na frente de todo mundo e além disso ele é um pouco meu irmão e…

Ele foi até bem conciliador, para minha grande surpresa:

— Songi-Songi também acha que a gente deve deixar isso para lá, a gente não vai mais encostar no seu medrosinho, mas você tem que se redimir porque a gente sofreu bastante durante dias…

— Me redimir? Eu não fiz nada grave e…

— Moisés, estou sendo bonzinho por enquanto…

Além disso, eu…

— Não me provoque muito, Moisés… Você conhece meu ir- mão, Songi-Songi, ele não será bonzinho quando eu contar que você não quer nos ajudar, sendo que a gente quase morreu por causa de suas pimentinhas...

Sabendo já qual era o temperamento de Tala-Tala, cedi, tendo na cabeça a imagem do facão que ele tentara passar para dentro do orfanato. A ferramenta fora apreendida pelo guarda Mvoumbi graças a Louyindoula, que os havia dedurado. Era pouco dizer que esse residente não gostava nada deles, e seu ódio vinha de longe. O próprio Louyindoula tinha irmãzinhas gêmeas e, com o nascimento delas, havia constatado que seus pais agora só tinham olhos para as duas fadinhas. Ele ficava amuado no seu canto, alimentando sua raiva e seu ciúme até o dia em que foi surpreendido, tendo apenas quatro anos, tentando asfixiar as duas irmãs enquanto dormiam. Quatro meses depois, mordeu gravemente o dedão do pé esquerdo de uma das gêmeas e o polegar da mão da outra. Era preciso vigiá-lo permanentemente, pois seus grandes olhos vermelhos e sua cabeça macrocéfala condiziam bem com o perfil dos criminosos que espalhavam o terror pelas ruas de Pointe-Noire. O pai decidiu inscrevê-lo no orfanato de Loango, esperando que com o tempo, ao crescer junto de outros meninos, ele aprendesse a ser mais sociável e menos ciumento. Infelizmente chegou em Loango no mesmo ano que Songi-Songi e Tala-Tala, e estes dois o lembravam de sua própria situação. A guerra travada no dormitório era impiedosa, mas os gêmeos sempre venciam.

Tala-Tala me arrancou de meus pensamentos.

— Então, para que a gente esqueça o que você fez, você tem que trabalhar para nós...

O que é esse trabalho?

— Louyindoula roubou de novo o sabão Monganga e a pasta de dente do meu irmão. Você vai falar com ele, arranjar um jeito de levar ele para trás do armazém, onde a gente vai dar uma boa surra nele, porque a gente está de saco cheio, e isso está começando a durar demais…

Os gêmeos já tinham músculos bastante marcados e uma leve penugem sobre o lábio superior. Para mim era bem difícil distingui-los. Eu tinha que examinar mais de perto a cara deles para constatar que Songi-Songi — nascido alguns minutos antes — tinha uma manchinha preta no branco do olho direito e que Tala-Tala tinha uma no branco do olho esquerdo. Eu sempre invertia as coisas, pensando que a mancha preta de Songi-Songi estava no olho esquerdo e a de Tala-Tala no olho direito, mas era o contrário. E para que distingui-los se os dois não desgrudavam e usavam roupas idênticas?

Então, foi por Bonaventure que eu me arrisquei a ser cúmplice dos gêmeos na investida deles contra Louyindoula. Se eles tinham conseguido encurralá-lo perto do armazém, do outro lado do prédio principal, era porque eu servira de isca, convencendo Louyindoula a me seguir até esse lugar onde eu prometera que ele veria algo extraordinário, algo que ele nunca tinha visto na vida, e sobre o qual precisaria guardar segredo. Curioso, jurou não dizer nada a ninguém e me seguiu sem hesitar. Chegando atrás do armazém, Songi-Songi e Tala-Tala já estavam lá, cada um com um pedaço de madeira na mão. Eles se lançaram sobre o pobre Louyindoula, em quem bateram diante dos meus olhos enquanto eu fingia surpresa pela emboscada para não ser, mais tarde, castigado pelo infeliz que gritava por socorro com todas as suas forças e me pedia para intervir, para "fazer alguma coisa". Coitado, quem poderia escutá-lo uma vez que seus gritos eram abafados pelo clamor vindo do parquinho, onde acontecia uma partida de futebol vista por Vieux Koukouba e Petit Vimba e que tinha três dos vigias de corredor como árbitros? Louyindoula não podia denunciar os gêmeos, ou eles iriam atormentá-lo todos os dias. Ele tinha consciência, assim como nós, de que até mesmo os guardas e os vigias, e em certa medida o diretor, temiam os dois irmãos desde o episódio do facão descoberto sob a cama de Tala-Tala. O que eles queriam ter feito com essa ferramenta — ou melhor, com essa arma? O diretor explicou que eles tramavam um plano de fuga, como em um filme proibido para menores que eles tinham visto no cinema Rex, no qual um indivíduo conseguira escapar da prisão da ilha de Alcatraz, a mais vigiada dos Estados Unidos. Com seus dois cúmplices, cada um tinha cavado um buraco em sua cela e conseguido escapar em um bote inflável que eles fabricaram. O diretor especificou, no entanto, que não fora para cavar que os gêmeos tinham conseguido passar um facão para dentro do orfanato: era porque planejavam tomar como refém um vigia ou um guarda e ameaçariam cortar sua garganta se alguém interferisse na hora da fuga.

Louyindoula fora parabenizado pelo diretor, mas dessa vez ele tinha um olho roxo e, aos vigias que lhe perguntavam com quem ele tinha brigado, o infeliz jurou em nome de Deus que caíra ao escorregar em um sabão enquanto tomava banho.

Foi por causa de Bonaventure que eu me tornara aos olhos dos gêmeos o terceiro homem deles, a ponto de nos chamarem de "trigêmeos". Éramos, então, três, como aqueles fugitivos da ilha de Alcatraz de quem falava o diretor.

Bonaventure não ficou nada contente, imaginando que

Songi-Songi e Tala-Tala estavam roubando o único amigo em quem ele confiava. Eu lhe expliquei pela enésima vez que se eu tinha me aproximado dos gêmeos era para protegê-lo e que dali em diante os dois irmãos não bateriam mais nele...

Mais uma vez eu me vejo deitado com herpes ao redor da boca e um resfriado que não me deixa respirar. Os residentes estão todos na escola, os menores nos dois prédios atrás do armazém onde deixávamos as ferramentas de bricolagem, os maiores no que fica perto do refeitório.

Sinto uma presença estranha no cômodo, como se alguém se divertisse me espiando. Bonaventure costumava fazer esse tipo de pegadinha comigo quando, para me apavorar, se escondia em algum lugar, saltando de repente na minha cama enquanto soltava um grito de felino furioso. Acontecia de ele obter sucesso nesse golpe e do medo tomar conta de mim, eu gritava pedindo ajuda com todas as minhas forças e provocava uma agitação na maior parte dos blocos antes que começássemos a rir muito disso.

Tiro a cabeça de debaixo do lençol para pegar Bonaventure com a boca na botija, apesar do meu estado de saúde. Mas a surpresa é bem agradável: é Sabine Niangui. Ela está lá, de pé, com um copo de água na mão direita, um comprimido de aspirina na outra. Eu passo os olhos por seus cabelos grisalhos que começam a aparecer nas laterais. Seus óculos fundo de garrafa me intimidam, mas mesmo assim eu os admiro; eles me dão a impressão de que Niangui passou a juventude lendo livros escritos em letras menores do que as da Bíblia que destruíram, com o passar do tempo, sua vista. Assim como ela, eu queria ler e ler ainda mais livros escritos em letras mais miúdas do que os que leio na biblioteca do orfanato, e paciência se meus olhos sofrerem com isso e eu acabar tendo que usar óculos com lentes grossas como ela...

Ela acabou de colocar o copo de água no chão e se sentou em minha cama. Disse que desde a partida de Papai Moupelo uma página de nosso orfanato foi arrancada. Está com os olhos marejados quando me confidencia:

O diretor poderia ter mantido ele aqui, não fazia mal a ninguém... Dieudonné Ngoulmoumako já me humilhou há muitos anos ao fazer de mim esta que sou hoje aos olhos de vocês. Se eu pudesse escolher, teria largado este trabalho...

Ela se cala por um momento, pois acaba de se dar conta de que eu não entendo o que ela quer dizer com isso.

Pigarreia e continua:

— Não sei por que estou abrindo meu coração para você hoje, sendo que deveria ter feito isso há anos... Eu te conheço mais do que você me conhece, e, aliás, será que você me conhece de verdade? Eu gosto do fato de que você nunca teve a curiosidade de me perguntar sobre a minha vida. Para você, sem dúvida, eu não passo de um dos móveis deste prédio, uma mulher que você viu desde que veio ao mundo e que pensa que vai ficar aqui até o fim de sua vida...

Ela enxuga o vapor que invade seus óculos:

— Digamos que moro sozinha em um bairro da periferia de

Pointe-Noire, não muito longe do cemitério Mongo-Kamba, a dez quilômetros daqui. Quando não consigo pagar o transporte, saio de casa às quatro horas da manhã para chegar na hora. São quilômetros e quilômetros durante os quais eu caminho à beira da rua asfaltada e com os olhos baixos, revivendo a época em que fui contratada neste orfanato então dirigido por religiosos brancos. Ah, que época boa, meu pequeno Moisés! Nada parecida com hoje em dia, quando se mistura política com a educação das crianças e se considera que os orfanatos são os laboratórios da Revolução, e vocês, as cobaias com as quais eles fazem seus experimentos! Sim, naquela época não havia essa Revolução, e as pessoas se comportavam melhor! Eu era jovem, bonita, mas acha que eu era feliz, hein? Quem pode dizer o que é a felicidade? Você pode, por acaso?

Penso cá comigo que para mim a felicidade seria acordar no dia seguinte saudável e poder dizer a ela enfim obrigado, uma palavra que nunca escutou da minha boca...

— Naquele tempo, meu pequeno Moisés, as crianças me chamavam de "a mamãe animadora", e nós não tínhamos mais do que trinta residentes, a maior parte meninas, das quais umas dez tinham sido abandonadas pelos pais na porta do orfanato, porque nos costumes do povo daqui era um fracasso ter como primeiro filho uma menina. Minha função era diverti-los, ajudá-los com a lição de casa ou ensiná-los cantigas no pátio principal. O orfanato só tinha três prédios; hoje temos seis, se eu contar o cômodo no qual moram os guardas Vieux Koukouba e Petit Vimba, perto da entrada, e o que fica atrás das salas de aula e que vocês chamam de "prisão" desde que a Revolução chegou aqui. Para nós a vida acontecia no prédio principal, cujo primeiro andar era ocupado pelos religiosos, enquanto no térreo a cantina separava o dormitório das meninas e o dos meninos, que era maior, mas também mais difícil de limpar por causa de todas as janelas que deixavam entrar a poeira que vinha do parquinho. À noite, tinham uns espertinhos como você e Bonaventure que invadiam o refeitório para roubar pão, milho ou frutas separadas para a sobremesa do dia seguinte. Acha que isso deixava o padre Jurek Wilski, o polonês que dirigia o orfanato, bravo? Não, meu pequeno! No máximo o padre Wilski pedia para o pessoal da cozinha deixar à vista umas coisas para beliscar, porque sabia que as crianças passariam por lá. Eu era a ponte entre esses religiosos e os residentes quando estes só conseguiam se exprimir em certas línguas de nossas regiões que eu ainda conheço. Não, eu não percorria distâncias intermináveis para chegar ao trabalho: eu morava aqui, no cômodo geminado à sala de Papai Moupelo, que virou um depósito onde estocamos produtos de limpeza e equipamentos sanitários. Eu me sentia em casa, sem dúvida, porque eu mesma tinha sido residente do Orfanato Nacional para meninas de Loandjili e, segundo a irmã Marie-Adélaïde, que o dirigia, eu havia sido inscrita lá pela minha mãe biológica em pessoa, uma mulher despachada que se dedicava ao comércio ambulante na fronteira de Pointe-Noire e de Angola. O que ela ganhava com essa venda de amendoim e banana? Nadinha de nada, meu pequeno, mas ela queria sobreviver, e pensava que era o único jeito de ganhar a vida. Não podia contar com meu pai, um militar cubano com quem cruzara na fronteira e que parara diante dela para comprar amendoim torrado. Ele não só comprou amendoins, ficou por lá mais tempo, a noite toda, em uma pequena cabana do amor que um de seus superiores alugava nos arredores para uma pequena descontração de fim de semana, se entende o que quero dizer...

Ela fica séria, acertando mecanicamente seus óculos:

— Sou fruto desse encontro de uma noite na qual minha mãe talvez não tenha dito nada, já que não falava espanhol, e meu pai tenha ficado calado, sem entender nem o francês nem as dezenas de línguas de nosso país. Parece que meu pai era grande, bonito e tinha olhos castanho-claros. Foi dele que herdei essa cor de pele clara que, na minha juventude, foi ao mesmo tempo alvo de zombaria e de inveja. Tiravam sarro porque viam logo de cara que eu não era tão preta quanto as outras congolesas e que eu era com certeza bastarda, "uma cubana", o que queria dizer que minha mãe tinha estado com um desses soldados ou para colocar no mundo uma criança menos preta ou porque se dedicava em segredo à prostituição perto dos campos militares da fronteira, mas eu tendo mais para a primeira possibilidade. Sim, ela queria um filho claro porque isso representava, na época, uma espécie de superioridade, era besta, mas era parte de nossa complexidade em relação aos brancos, tudo o que fosse branco era melhor, tudo o que fosse preto era amaldiçoado, sem futuro, sem amanhã, você ainda está me escutando, meu pequeno Moisés?...

Eu a olho fixamente, tento imaginar quem era esse pai cubano. Nunca vi um cubano na vida, e ouvindo-a falar sobre esse homem me pergunto se ela o admira ou se tem raiva dele.

— Meu pai era bonito, veio para a África por ocasião da intervenção de seu país em Angola, onde a situação política era uma das mais complicadas do continente. Cruzávamos com militares cubanos por toda Pointe-Noire, e eles recebiam a mesma admiração que as jovens destinavam aos marinheiros que atracavam no porto marítimo, vindos de países longínquos, com seus uniformes brancos, a pele bem bronzeada e a vontade de se descontrair nos barzinhos de nossa capital econômica. Para as jovens como minha mãe, esses militares tinham se tornado seus marinheiros, e eram mais de quinze mil em Angola sob ordem do presidente deles, Fidel Castro! Eles bem que precisavam se divertir, não?

Ela sorri, e imediatamente percebo que é como se tivesse dez anos a menos.

— Sério, Moisés, os cubanos tinham desembarcado em Angola para ajudar seus "irmãos comunistas" do Movimento Popular de Libertação de Angola (o MPLA), liderado por Agostinho Neto, que estava em guerra contra a União Nacional pela Independência Total de Angola (o UNITA), de Jonas Savimbi, apoiada pelos Estados Unidos, pelo regime racista da África do Sul e até pelos nossos vizinhos do Zaire! Os cubanos eram, então, nossos heróis, já que nosso país apoiava abertamente o MPLA de Agostinho Neto. Durante as folgas deles, esses soldados saíam de Angola e percorriam a cidade de Pointe-Noire. Podíamos repreendê-los por aproveitarem seu prestígio para satisfazer essas jovens que caíam a seus pés se até mesmo elas tinham consciência de que eram encontros sem futuro? Cada vez que eu olhava para a ilha de Cuba em um mapa, pensava que meu pai tinha nascido em algum lugar ali, em Havana, em Santiago de Cuba, em Las Tunas, em Bayamo, em Pinar del Río ou em Santa Clara, mas para mim eles não passam de nomes de lugares, não sinto nenhuma ligação particular com essa terra longínqua, e não sou diferente desses turistas que sonham com essa ilha ao imaginar praias com areia fina, música em todos os cantos, as cores vivas dos carros americanos dos anos 50, dos Lada e desses Moskvitch importados da União Soviética que os motoristas dirigiam com grandes charutos entre os lábios. Quando nasci, minha mãe me entregou ao Orfanato Nacional das meninas de Loandjili. Um pouco mais tarde constatei que a metade das garotas desse estabelecimento tinha nascido de um pai militar cubano, como se essa instituição só tivesse sido criada para elas, ou então esse orfanato fizesse um tipo de discriminação ao só aceitar meninas congo-cubanas. Bom, fiquei sabendo depois que era o presidente cubano Fidel Castro que financiava integralmente esse lar. Minha mãe pensava em me pegar de volta mais tarde, quando conseguisse se recuperar. Porém, meu pequeno, não era isso que a maior parte dos pais falava para não sofrer de remorso por ter se separado de seus descendentes, hein? Como se diz, não deixe para amanhã o que você pode fazer hoje! Foi o que aconteceu com minha mãe, já que infelizmente morreu três anos depois da minha entrada nesse orfanato, vítima dos bandidos da fronteira, onde continuava com seu pequeno comércio. O orfanato só foi saber disso dois meses mais tarde, no dia em que um casal se apresentou para me adotar. Aquela que se tornaria minha mãe adotiva estava apaixonada por minha pele de argila, por meus olhos grandes e pela minha cabeleira afro. Aliás, até a minha adolescência ela não deixava que me fizessem tranças e me apelidou de "Angela Davis", o nome de uma militante negra americana de quem provavelmente você ainda não ouviu falar. Eu fiquei feliz por ela ter me apelidado assim, principalmente quando descobri que essa mulher lutava pela liberdade dos negros na América e que fazia parte de uma organização corajosa que chamavam de Black Panthers. Meus novos pais passaram a só me chamar por esse belo nome, Angela, mais jovem e mais poético do que Sabine... Você está dormindo?

— Não, estou escutando...

— Para dizer a verdade, eu não lamento que esse casal tenha me adotado, pois eles me matricularam em uma escola particular do centro da cidade, e frequentei em seguida o colégio Pasteur e o liceu

Victor-Augagneur, onde obtive meu diploma de ensino médio em letras e filosofia com a menção "muito bom", sendo que eu era uma das alunas mais novas do estabelecimento. Se tivesse continuado meus estudos até chegar à universidade de Brazzaville, onde meus pais pensaram em me matricular, eu teria, talvez, trabalhado em um grande escritório onde teria dirigido homens e mulheres que me temeriam e me respeitariam. Mas é isso, aos dezessete anos eu deixei um homem me tocar pela primeira vez, depois me tirar a inocência, que até então permitia que eu me diferenciar das moças de Pointe-Noire cujo destino fora despedaçado precocemente por amantes imprudentes, quiçá irresponsáveis. Esse homem de quarenta anos era casado e trabalhava como carteiro no Escritório Nacional dos Correios e das Telecomunicações. Eu o conhecia desde os três anos e não me sentia nem um pouco em perigo a seu lado, talvez porque ele tivesse me visto crescer quando passava durante a semana para deixar a correspondência na casa dos meus pais, conversava alguns minutos com meu pai, aceitava uma taça de vinho de palma que minha mãe lhe oferecia. Ele se demorava lá, passava a mão na minha pequena cabeleira afro e cumprimentava meus pais: "Quando ela for um pouco mais velha, vai ter que ter um corte de cabelo igual a dessas atrizes negras americanas que a gente vê nos filmes no cinema Rex! Com certeza vai fazer um estrago essa princesinha!". Sim, meu pequeno, foi desse homem que engravidei catorze anos mais tarde, e você pode imaginar o escândalo que foi na minha família, pois em nossa própria casa esse cara tirou minha virgindade. Meu pai, preocupado com sua reputação, arrancava os cabelos enquanto minha mãe tentava convencê-lo de que isso aconteceria em algum momento, ainda que tivesse acontecido muito cedo e com a pessoa errada. Papai não concordava com isso e ameaçou me expulsar de casa. Como último recurso, minha mãe propôs uma solução que, segundo ela, seria boa para todo mundo: se livrar do feto, da vergonha que talvez os fizesse lembrar durante toda a vida da ingratidão desse carteiro que evitava desde então nosso domicílio e que encarregava um de seus jovens colegas da entrega da correspondência dos meus pais...

Ela tira uma vez mais os óculos, os limpa apesar de não estarem embaçados. Deve ser um reflexo, um tique, e acho que quando usar óculos vou tentar fazer igual.

— Meu pequeno Moisés, eu não me imaginava fazendo mal ao ser frágil que crescia na minha barriga. Já imaginava sua cara de cubano, seus olhos, seus bracinhos, seus choros e risadas. Comia o tempo todo com a esperança de ajudá-lo a se desenvolver rápido, e até mesmo de antecipar seu nascimento. Sofria quando escutava meus pais evocando seu desaparecimento e marcando consulta para a semana seguinte no escritório de um médico branco do centro da cidade. Sim, Moisés, eles queriam que fosse um branco que cuidasse disso, pois não confiavam nos médicos congoleses, que, segundo eles, contavam os segredos dos pacientes nos bares dos bairros populares de Pointe-Noire. Eu me questionava cada vez mais: por que tinha merecido o direito de viver sendo que era fruto de uma noitada? Por que eu não daria a mesma chance a este bebê que não tinha pedido nada a ninguém e cujo único erro seria vir ao mundo? Aproveitando a ausência de meus pais durante o dia, e vinte e quatro horas antes da consulta com o médico branco, arrumei algumas coisas minhas e fui morar na casa de duas amigas do liceu, Elima e Makila, no bairro Rex, onde alugavam uma casa de alvenaria na avenida da Independência. Essas duas amigas me encorajaram, me rodearam de cuidados. Makila começou a comprar roupas para essa criança. Escolhia as cor-de-rosa como se estivesse convencida de que seria uma menina. Já Elima, para não comprar as mesmas coisas, apostava que seria um menino e trazia bodies e gorros azuis. Eu gostava dessa independência que experimentava junto com minhas amigas. Nada de pai subindo o tom de voz. Nada de mãe se calando porque teria medo de erguer a voz diante do marido. Eles estavam me procurando? Acho que não, e estou convencida de que essa situação ficou boa para eles. Eu já estava grávida de quase dois meses...

Maquinalmente ela toca a barriga como se quisesse ter certeza de que a criança ainda está lá dentro. Sua voz muda, fica cada vez mais triste:

— Foi lá, na casa de Elima e Makila, que enquanto tomava banho percebi que a água que escorria pelas minhas coxas ia ficando vermelha de um jeito estranho. Desmaiei só de ver esse sangue morno e denso, como se tivesse sido machucada por dentro. Quando acordei não estava mais no banho, Elima e Makila tinham me colocado na cama e eu entendi, vendo como estavam tão abatidas, que o bebê que eu já apelidava de chuchu tinha decidido ir para o outro mundo, em Mpemba, esse lugar onde o sol nunca nasce e onde não se usa chapéu... Já que essa criança cujo sexo eu não conhecia tinha escolhido esse rumo, eu me voltei para a religião. Cantava no coral da igreja Saint-Jean-Bosco, onde um velho padre que gostava de mim e em quem eu confiava encontrou esta vaga no orfanato de Loango para mim. Quer dizer, meu pequeno Moisés, que eu estava aqui antes de Dieudonné Ngoulmoumako, que só foi nomeado pelas autoridades políticas quando o orfanato não era mais dirigido pela congregação religiosa. Ela foi embora para o Camarões, onde criou outra instituição. Dieudonné Ngoulmoumako tinha conseguido esse emprego por indicação, pois pertencia à etnia dos bembé, aquela que, graças à sua habilidade em manusear a faca, tinha ajudado o regime vigente a ganhar a guerra étnica contra o povo do norte. Desde os primeiros dias depois de sua chegada, o diretor começou a mudar as coisas, a impor sua lei. Não era mais o caso de que eu ocupasse a função de animadora: ele me substituíra por uma de suas sobrinhas. Como eu vinha do norte do país do lado de minha mãe biológica, e até dos meus pais adotivos, era considerada uma descendente dos perdedores dessa guerra étnica e, a seus olhos, continuava sendo uma inimiga, uma espécie de espiã que ajudaria os do norte a reconquistar o poder que haviam perdido por não saberem manusear a faca como os bembé. O diretor ficava atrás de mim de manhã até a noite. Toda a equipe da cantina — quatro mulheres e dois homens — tinha sido demitida, substituída por bembés ou por laris e outras etnias do sul que não tinham nenhuma experiência e serviam às crianças pratos da região deles, como carne de gato no caso dos bembé, de lagartas no caso dos lari ou de tubarão no dos vili. Vieux Koukouba estava tranquilo pois ele próprio era bembé e, alguns anos mais tarde, conseguiu trazer um colega mais novo, Petit Vimba, seu primo de primeiro grau. Daí em diante a casa era, na verdade, dirigida por um clã de bembés, até o golpe de Estado que levou um presidente do norte ao poder. Se Dieudonné Ngoulmoumako sobreviveu e se manteve em seu cargo é porque sempre foi vira-casaca. Hoje em dia se tornou um dos defensores da Revolução instaurada pelos do norte, sendo que ontem ele os combatia em prol do povo do sul. Tudo se paga aqui embaixo, meu pequeno. Vai chegar o dia em que, por falta de opções, o vira-casaca não vai mais poder trocar de roupa e aí vamos vê-lo nu. Será o fim de tudo, e sinto que esse momento está chegando...

*

Está na hora do recreio. Ninguém ousa vir ao dormitório, é proibido. Ninagui me faz uma revelação que de repente me desestabiliza:

— Moisés, vejo que você cresceu rápido, e é difícil acreditar que fui eu quem te encontrou lá fora há treze anos, na porta do orfanato, quando chegava para trabalhar. Você estava enrolado em um lençol branco, com a cabeça para fora, não chorava, mas estava com os olhos muito abertos para uma criança de apenas alguns dias. Eu te peguei nos braços e fui imediatamente levá-lo para o diretor. Primeiro ele ficou bravo comigo, como fazia quando recebia uma mãe que solicitava os serviços de seu estabelecimento. É verdade que em dado momento eu esperava que ele me dissesse para ir catar coquinho com o "meu" filho, mas por fim ele se acalmou, lançou um olhar furtivo para você e soltou: "Espero pelo menos que seja um bembé, e que não seja do norte como você!". Como é que poderíamos dizer a etnia de um bebê quando não tínhamos nenhuma informação sobre seus progenitores? Então você entrou aqui sob suspeita e, para o diretor, mergulhado em sua paranoia, você personificava um enviado do diabo cuja missão secreta era acelerar a queda da instituição que ele dirigia. Pior, ele tinha certeza de que esse bebê havia sido deixado diante de sua instituição pelos do norte. Já eu não entendia como podiam ter abandonado um menino. Era um pouco diferente do que acontecia no orfanato das meninas de Loandjili, onde, como eu te dizia, só encontravam meninas na porta do estabelecimento, porque uma família de verdade devia ter primeiro um filho. Graças a Deus o diretor não te botou para fora, mas encarregou os guardas e vigias de corredor de te seguirem de bem perto, até de madrugada, pois imaginava que por volta da meia-noite ou uma hora da manhã você deixava a pele de bebê para se tornar um gigante do norte, com uma barba enorme de guerrilheiro. No sábado você foi apresentado a Papai Moupelo, que fez uma missa excepcional diante de toda a equipe. Foi nesse mesmo dia que ele te deu o sobrenome de *Tokumisa Nzambe po Mose yamoyindo abotami namboka ya Bakoko*. E como era um sobrenome muito longo e ninguém era capaz de pronunciá-lo inteiro, nos contentamos em te chamar de Moisés...

Quando volto a pensar em Sabine Niangui, não consigo apagar a imagem da mulher que estava sempre presente quando eu tinha algum problema, talvez porque se sentia um pouco responsável pelo meu destino, por ter me "pegado" na porta do orfanato. Entre sete e dez anos, quando o diretor me chicoteava com seu cipó e eu me debatia como um diabo, percebia a alguns passos dele uma mulher que observava a cena, de cara fechada, e era Sabine Niangui. Sua cara aflita mostrava que não gostava dos métodos de Dieudonné Ngoulmoumako, que, apesar do nome abençoado que Papai Moupelo me dera, continuava a acreditar que eu era filho do demônio, que usava habilmente minha inteligência para organizar a maior parte dos tumultos que aconteciam no dormitório dos meninos ou na cantina, quando os residentes balançavam pedaços de mandioca na cara das meninas.

    Sabine Niangui, que chamávamos apenas de "Niangui", cerrava os dentes sempre que o chicote me acertava, a ponto de eu pensar que era ela que sofria no meu lugar. Tinha quarenta anos, mas para nós era de uma outra época, talvez uma reencarnação de nossa antepassada Nzinga, apesar de Niangui não ter posto no mundo dois meninos gêmeos e uma menina.

Assim que o diretor saía do dormitório, ela me pegava pelo braço, nos fechávamos no banheiro, onde eu tirava a camisa. Ela averiguava os talhos enormes nas minhas costas e ia correndo pegar o mercurocromo.

Alguns minutos depois, eu sentia suas mãos quentes encostarem na minha pele, depois esse líquido vermelho e frio penetrando nos machucados enquanto ela me assegurava com uma voz muito doce:

— Não coloquei álcool, senão vão te escutar gritando lá em Pointe-Noire...

Eu não tirava os olhos dela e pensava na sorte que tinha de desfrutar desse pequeno tratamento especial. Mas Niangui não cuidava só dos machucados. Quantas vezes não me deu de presente chinelos, camisas, cuecas, coletes, lápis de cor, livros infantis nos quais eu descobria anões e uma linda princesa ou ainda aqueles em que eu devorava as aventuras de duas irmãs que viviam em uma fazenda com animais capazes de se comunicar e que faziam complôs contra os adultos?

Não tenho lembrança de ter ganhado outros presentes além desses que ela me dera. A equipe era proibida de manifestar qualquer tipo de generosidade em relação a algum de nós. Niangui tinha certas liberdades porque estava, com Vieux Koukouba, entre os funcionários mais antigos do estabelecimento. Ou então, se eu fosse acreditar nos boatos que corriam, tinha alguma coisa entre ela e o diretor para que ele deixasse esses presentes entrarem sem despedi-la. Diziam que Dieudonné Ngoulmoumako gostava das mulheres e que se metia com as mães de nossos coleguinhas Yaka Diapeta e Kiminou Kinzonzi ou com as de Nani Telamio, Wakwenda Kuhata e a de Kabwo Batélé. Como eram mães desesperadas e achavam que entregando o corpo delas o diretor daria um tratamento especial aos filhos, ele aproveitava sua posição para forçá-las a ficar mais tempo em seu escritório, duas ou até três horas, e quando saíam, estavam com os cabelos despenteados e com a roupa do avesso.

Eu não ousava, no entanto, imaginar o diretor se contorcendo em cima de Niangui. Dieudonné Ngoulmoumako teria muita dificuldade, com sua barriga gorda que despencava até a altura do sexo, e nós escutaríamos sua respiração de búfalo desde o dormitório. Ele morreria de ataque cardíaco enquanto estivesse se retorcendo como um bagre sobre a pobre Niangui, que a partir de então eu olhava com outros olhos, ressentido por ela não ter me confessado o que se passava entre ela e esse sujeito enquanto eu a considerava meu escudo, vendo-a como uma presença eterna, aquela que aparecia quando era preciso, aquela que nunca tinha me deixado desde minha chegada, aquela que aceitaria arriscar tudo por mim. Como ela podia dar prazer a esse maldoso que nos deixava o tempo todo com medo? Eu me segurava para não lhe perguntar. Tinha medo de escutar uma resposta que me deixasse ainda mais triste. Os residentes mais velhos costumavam nos dizer que quando duas pessoas fazem amor elas acabam pensando do mesmo jeito e juram proteção uma à outra. O que, na minha cabeça, significava que Niangui tinha se juntado aos que dificultavam a nossa vida. Não queria mais que ela cuidasse de mim, que encostasse a mão em mim. De noite, antes de dormir, eu ameaçava socar Bonaventure para que não me enchesse de perguntas, colocava o mosquiteiro, me escondia em meus lençóis e começava uma longa reza na qual, em vez de agradecer o Todo-Poderoso por ter me dado o sobrenome de Tokumisa Nzambe po Mose yamoyindo abotami namboka ya Bakoko, eu implorava para que ele castigasse o diretor e Niangui.

Se Niangui tivesse falado comigo antes do mesmo jeito que tinha falado no meu aniversário de treze anos, quando eu estava acamado, não a teria julgado tão precipitadamente como os outros residentes e teria ficado sabendo que o que diziam sobre ela não passava de um monte de mentiras...

*

No dia seguinte às confissões de Niangui, minha febre tinha como por mágica desaparecido. Com o nariz desentupido, eu respirava cada vez melhor, ainda que algumas herpes persistissem mesmo que antes de dormir eu tivesse desinfetado todas elas com sabão Monganga.

Eu ficava esperando que ela voltasse, que me desse um copo de água e um comprimido e que se sentasse em minha cama para falar comigo com aquele sotaque melodioso que ela exagerava sem dúvida para irritar o diretor, conhecido por sua raiva visceral contra o povo do norte. Eu lhe pediria desculpas por ter acreditado, como muitos residentes, que ela tinha uma história com Dieudonné Ngoulmoumako. Ela certamente me diria: "Não se preocupe, as mentiras nunca vão me afetar...".

Eu escutaria ainda por quase uma hora essa voz cálida e reconfortante. Sentiria em mim seu olhar cheio de afeição enquanto observasse mais de perto seus cabelos grisalhos nas laterais. E, talvez, pediria para experimentar seus óculos, que continuavam me intrigando. Ela não recusaria, eu acreditava. De repente eu perceberia o mundo como ela, e as coisas pequenas seriam vistas bem grandes graças a esses óculos que talvez permitissem que ela visse os defeitos dos seres humanos e separasse os maus dos bons.

*

Niangui não voltou para me dar um copo de água e uma aspirina no dia seguinte. Alguma coisa me dizia que ela não voltaria mais, que se tinha me falado com tantos detalhes sobre sua vida era, talvez, porque sabia que não me veria mais e que para ela, como ela mesma dizia, uma página do orfanato tinha sido arrancada, tendo como primeiro sinal a humilhação que sofrera Papai Moupelo.

Nosso último encontro ressoava cada vez mais como um adeus. Depois de duas semanas sem notícias dela, toda a equipe agia como se ela nunca tivesse existido, e mais ninguém dizia seu nome.

Eu sabia, então, que era o fim de uma época…

Eu estava errado, pois uma tarde, enquanto ia ao banheiro com passos pesados, os braços ao longo do corpo, percebi a alguns metros diante de mim a silhueta de uma mulher com uma vassoura na mão esquerda e um balde na outra. Só faltava a presença do diretor para que eu tivesse a impressão de que nada mudara, de que tudo não passava de uma ilusão, de que Niangui nunca havia desaparecido daquele lugar.

Para lhe desejar as boas-vindas eu tinha vontade de gritar "Mamãe!!!", mas não tinha mais voz. Não lhe pediria que me explicasse onde tinha passado todo esse tempo. O importante era que ela não tinha me abandonado. Que estava de volta apenas para me rever, senão porque teria escolhido esse momento exato para cruzar comigo em segredo a caminho do banheiro? A alegria que me tomava era tão intensa que eu escutava meu coração batendo no peito.

Eu avançava em sua direção, os braços bem abertos, com meu sorriso mais largo. Ela continuava imóvel, quase indiferente à minha animação, o rosto mais redondo do que antes, com olhinhos que lhe davam sempre um ar de alegria. Sua pele já não era tão clara e, bem quando eu ia enfim abraçá-la, ela me afastou com uma virulência que eu não conhecia.

Surpreso com tal atitude, ergui o rosto e percebi de repente que não era Niangui que estava diante de mim. Era Evangelista, a jovem que diziam ter substituído Niangui.

— Quando a Niangui volta?

Era como se estivesse esperando essa pergunta:

— Ela não volta mais, foi embora, se aposentou!

Ela me contou, com um sorriso que eu não entendia, que Niangui era velha demais, que dizia ter quarenta anos, mas que tinham que adicionar uns vinte a mais.

Evangelista tinha um ar muito contente. Só estava lá para me provocar, pois logo retomou seu caminho em direção ao prédio das meninas. Eu fiquei em pé no corredor, sem tirar os olhos da sua silhueta que se afastava, e quanto mais se afastava mais eu tinha a sensação de que era Niangui que desaparecia e que tinha entrado no corpo de Evangelista para obrigá-la a me dizer de uma vez por todas que não voltaria mais, que a página sobre a qual sua história nesse estabelecimento fora escrita acabava também de ser arrancada e que depois de ter perdido Papai Moupelo eu acabava de perder aquela que era quase como a mãe que eu queria ter tido...

Nós nunca tínhamos visto o diretor com uma cara tão derrotada. Ele correu para o pátio, trombando com o jardineiro Kolela:

— Então você viu os tais sujeitos?

O jardineiro fez que não com a cabeça, depois o diretor foi ele mesmo para a porta de entrada do orfanato, espiou discretamente o exterior e soltou um ufa de alívio:

— Acho que não vêm hoje, já é meio-dia, vou enfim respirar...

Dieudonné Ngoulmoumako dormia com um olho aberto e outro fechado havia alguns meses. Quatro homens de terno preto e gravata vermelha chegavam de supetão no orfanato e se trancavam com ele em sua sala. O tom da vozes aumentava, e escutávamos o diretor gritando:

— Vocês sabem com quem estão falando? Vão ser demitidos, palavra de Dieudonné Ngoulmoumako!

Quando os visitantes iam embora, o diretor já sabia que voltariam, mas quando? Então, passava cada vez menos tempo em sua sala e em seu aposento. Para despistar os visitantes indesejáveis ele tinha arrumado um quarto no prédio das meninas e, todos os dias, antes de se esconder lá dentro, fechando as portas e as janelas, dava as mesmas instruções:

— Se esses malas sem alça voltarem, digam que não estou, que estou a caminho de Pointe-Noire para um congresso de nossa sessão do Partido Congolês do Trabalho.

Ele parecia cada vez mais ridículo aos olhos dos nossos coleguinhas, que não entendiam como, com todo o poder que tinha, quatro homens de terno poderiam preocupá-lo desse jeito. E quando decidiu enfim voltar para sua sala, acreditando que aqueles que chamava de "invasores" tinham desistido de sua missão, o diretor ficou surpreso ao vê-los reaparecerem como se estivessem escondidos em frente ao orfanato com binóculos, esperando este momento.

Exaurido, Dieudonné Ngoulmoumako reuniu o estabelecimento inteiro no pátio e, do alto do palanque, com os seis guardas atrás de si, anunciou:

— Vamos repelir esses invasores que estão procurando pelo em ovo aqui. A única maneira de conseguir isso é fazer com que nossa voz seja ouvida no alto da República, porque estou convencido de que o presidente não está sabendo dessa caça às bruxas da qual sou vítima. Vamos fazer uma greve de fome até que o Ministério da Família e da Infância ordene que essas pessoas não venham mais me incomodar.

No entanto, alguns dias antes, no editorial do Despertar do Pioneiro, o diretor parabenizou o ministro da Família e da Infância, que havia nomeado novos inspetores para os estabelecimentos públicos e até particulares destinados a menores, não apenas aos órfãos.

O diretor esboçara um retrato, na verdade, bastante lisonjeiro do novo ministro Rex Kazadi:

> Com uma inteligência e uma sabedoria que lhe permitiram estar entre os mais brilhantes da Escola Nacional de Administração, Rex Kazadi personifica o despertar de nossa nação, a nova cara de uma política que deseja ser rigorosa e, mais do que nunca, a serviço do povo. Este homem ficou conhecido na Europa como um dos guerreiros que não aceitaram que nosso país fosse feito refém dos imperialistas e de seus criados locais. Rex Kazadi mobilizou a maior parte de nossos jovens compatriotas para sensibilizá-los a respeito dos perigos que rondavam nosso querido e belo país. Nós lhe desejamos sucesso nessa nova empreitada que o presidente da República acaba de lhe confiar, pois a Família e a Infância são o fundamento, senão o alicerce de nossa sociedade...

Na sequência do editorial, o diretor tentava defender sua casa, mas suas justificativas produziam o efeito contrário e revelavam que, na verdade, ele transformara o estabelecimento em um orfanato de correção ou de preservação, e que era por isso que lhe enviavam crianças terríveis como os gêmeos Songi-Songi e Tala-Tala.

*

Seu discurso era menos entusiasmado do que o que fora pronunciado para nos anunciar que a Revolução chegava ao orfanato. Ele estava com olhar fugidio, a voz rouca, os gestos menos vivos.

E mesmo assim encontrava forças para lançar:

— À revolta! Esse povo do norte vem aqui sem ser convidado, será que por acaso nosso orfanato é a casa da mãe joana?

Ele sentia que dessa vez as coisas haviam mudado. Tinha deixado de assinalar em seu editorial que o governo agora trucidava "os maus hábitos da administração" e havia criado, para isso, "o Ministério da Luta contra o Tribalismo e o Nepotismo em Todos os Níveis".

— Sim, precisamos nos unir como um só homem...

Olhando para a equipe feminina, corrigiu:

— Quis dizer que precisamos nos unir como um só homem e uma só mulher, mas minha boca foi mais rápida que meus pensamentos...

Diante da indiferença geral da audiência, ele atacou o ponto que considerava o mais sensível:

— Será que vocês estão percebendo a gravidade da situação? Se eu não for mais o diretor, esta instituição vai virar uma bagunça, um caos, o fim do mundo, a noite eterna, e vocês também vão perder o emprego!

Tínhamos vontade de explodir de rir, mas ele nos dava pena. No fundo eu me dizia que sua hora tinha chegado, que a ira de Deus que eu tanto implorava e que tinha feito estremecer o faraó egípcio, pesadelo dos hebreus, estava enfim a caminho. O homem diante de nós não passava de um rei nu diante do primeiro obstáculo que colocava em risco sua carreira. Em vez de lutar, ele se ajoelhava e pedia descaradamente nossa ajuda, nós que éramos uns nadinhas de nada até então.

E Bonaventure repetia:

— É sério, Moisés! É muito sério! Ele vai para a cadeia! Vai ser algemado, te juro!

Foi-se o tempo em que Dieudonné Ngoulmoumako conseguia estar no lugar certo, na hora certa e virar sua casaca de maneira espetacular. Após terminar a ENFPB, a Escola Nacional da Função Pública de Brazzaville, ele nunca se casara e não tivera filhos para não paralisar sua ascensão, pensava. Seu pertencimento à etnia bembé era um trunfo que usava sempre que queria obter um cargo administrativo. Assim foi parar no gabinete do ministro da Administração Pública, um bembé como ele, depois foi nomeado subprefeito em Mouyondzi, cidade emblemática de sua etnia, onde se lançou às eleições municipais, mas foi derrotado por um candidato apoiado pelo governo. Esse candidato não havia feito campanha e nem sequer era bembé, mas do norte, um antigo colega de escola do presidente da República. Para consolá-lo, foi nomeado prefeito de Mabombo, cidade de Bouenza, sua região natal, onde, três anos depois, se candidatou a deputado. Também nessa ocasião foi derrotado por um candidato apoiado pelo governo e que era ninguém mais ninguém menos que a filha do feiticeiro do presidente da República. O nome dela só apareceu nas listas eleitorais vinte e quatro horas antes da votação...

Dieudonné Ngoulmoumako queria a partir de então um cargo que ninguém mais cobiçasse. Quando lhe propuseram como prêmio de consolação a direção do orfanato de Loango, de início hesitou.

— Não gosto de crianças! E depois, não tenho filhos e não tenho intenção de tê-los! Por que não dirijo o porto de Pointe-Noire?

Fizeram-lhe entender que o porto de Pointe-Noire não

era assim tão fácil de administrar. Os diretores eram trocados praticamente todo ano e ele se sentaria em uma cadeira ejetável. Quando lhe asseguraram que em Loango ele mesmo decidiria seu próprio salário, sua equipe, seu orçamento e que o governo não teria nenhuma influência, já que o dinheiro viria dos herdeiros abastados do reino Loango, Dieudonné Ngoulmoumako por fim aceitou. E ninguém veio incomodá-lo durante mais de três décadas, nas quais fez tudo o que quis, até a chegada desses homens de terno que agora tiravam seu sono e que pareciam lhe dizer que o fim de seu reinado estava próximo.

Assim que essas pessoas que ele chamava de "intrusos" apareciam de supetão, o diretor sabia que passaria horas e horas respondendo mil vezes às mesmas perguntas. Eles abriam caixas com dossiês amarelados de onde saíam colônias baratas, o que mostrava que sua sala não passava de um depósito com cheiro impregnado de tabaco mofado.

Ele precisava se explicar sobre tudo, sobre o tempo que destinávamos à escola ou ao parquinho, sobre nossas diversões, sobre a possibilidade de a equipe ter contato sexual com as crianças, sobre o número de vezes que nos serviam refeições e, em especial, sobre nossa evolução física e intelectual.

Dieudonné Ngoulmoumako só respondia:

— Que perguntas! Tudo é normal por aqui! E depois, é preciso parar de uma vez por todas de pensar que os orfanatos são lugares onde acontece pedofilia! Isso só existe na Europa, aqui não!

Sem que lhe perguntassem, ele continuava:

— Dar uma palmada nas crianças é normal! Eu mesmo

fui criado dessa maneira, e funcionou! Não vamos fazer uma tempestade em copo d'água por isso!

Ainda que tenha podido argumentar sobre esse aspecto e que nenhuma das crianças questionadas na sequência tenha sofrido abuso sexual, era impossível que conseguisse vencer os inspetores pelo cansaço no que dizia respeito ao seu salário, ao salário de sua equipe ou às tarefas administrativas e à gestão financeira. Por que, por exemplo, a compra de um relógio de parede estava na rubrica "higiene e zeladoria das áreas"? E como era possível que seu salário aumentasse em quase cinquenta por cento todo ano enquanto o último aumento de um funcionário antigo como Vieux Koukouba acontecera havia mais de dezessete anos? Quais eram as razões para as demissões sem aviso-prévio e sem indenização de alguns assalariados como o marceneiro Bounda Na Gwaka, o funcionário do armazém Mayele Nasima e a faxineira Sabine Niangui, todos contratados na época em que o orfanato era administrado por uma congregação religiosa?

— Como diretor eu demito quem quiser e contrato quem quiser!

— E graças a esse poder arbitrário você contratou então seis guardas que são, na verdade, seus parentes de primeiro grau? — ironizou um dos inspetores.

— Eu fiz isso dentro da lei!

Dieudonné Ngoulmoumako tentara lhes fazer frente com seu status de servidor e membro do Partido Congolês do Trabalho, pensando que isso lhe renderia imunidade. Os inspetores lhe lembraram de que os membros do Partido deviam dar o exemplo e que, a partir de então, enquanto esperavam a decisão do Ministério da Família e da Infância sobre sua situação — a demissão ou a transferência deles para o interior do país —, seus três sobrinhos, Mfoumbou Ngoulmoumako, Bissoulou Ngoulmoumako e Dongo-Dongo Ngoulmoumako, seriam removidos de seus cargos de responsáveis pela seção da União da Juventude Socialista Congolesa do orfanato. Voltariam a ser, portanto, vigias de corredor como Mpassi, Moutété e Mvoumbi...

*

Nós havíamos feito a greve de fome durante dois dias, mas os inspetores não apareceram. Estávamos cheios disso e, à noite, no dormitório, enchíamos a pança graças aos mantimentos afanados pelos gêmeos na cantina. De que servia fazer uma greve de fome se o presidente da República não ficava sabendo dela? No terceiro dia todo mundo comia à vontade.

Uma semana depois, os inspetores ainda não tinham voltado, mas Dieudonné Ngoulmoumako estava organizando a resistência lá no primeiro andar com seus sobrinhos. Se aqueles inspetores dessem as caras, eles os receberiam com uma boa surpresa. Era só assim, pensava ele, que o presidente da República ficaria sabendo do que acontecia aqui.

Vieux Koukouba tinha sérios problemas de saúde e era cada vez mais raro encontrá-lo no pátio central. Tinha dificuldades para urinar, e quando enfim conseguia liberar algumas gotinhas, urrava tanto que tínhamos a impressão de que alguém degolava um boi no banheiro dos guardas. Vários médicos de Pointe-Noire, carecas e com óculos de lentes grossas usados por pessoas que tinham estudado medicina na França e não na URSS, desfilavam pelo estabelecimento, mas nenhum deles conseguia curar a infecção urinária. Eles jogavam a toalha, sob pretexto de que a doença estava ligada à senilidade do guarda e que aos setenta e dois anos a vaca já tinha ido para o brejo fazia tempo.

Bonaventure, muito alarmista como de costume, também previa um final sombrio para o velho infeliz:

— Ontem vi um corvo velho empoleirado no telhado da sala dos guardas, e esse corvo me olhava de um jeito tão estranho que eu queria perguntar se estava com algum problema, mas ele logo saiu voando! Por acaso você acha isso normal? O que ele estava fazendo ali se não era para dizer para mim, só para mim, que Vieux Koukouba logo vai morrer, hein? É sério, é muito sério! Ele precisa de ajuda!

Não conhecíamos de verdade Vieux Koukouba. Ou então achávamos que o conhecíamos e imaginávamos que tinha nascido velho e vigia e que morreria velho e vigia. Como se seu fim fosse próximo e certo, estávamos agora a par de seu passado graças às indiscrições de alguns vigias de corredor que se revezavam na sala em que ele estava acamado. Esses mesmos vigias, principalmente os sobrinhos de Dieudonné Ngoulmoumako, já falavam dele no passado e elogiavam algumas de suas qualidades, mas o culpavam, sobretudo, pelo compórtamento que tivera durante sua profissão anterior.

Se morresse, ironizava Bissoulou Ngoulmoumako, Vieux Koukouba passaria com certeza pelo necrotério do hospital Adolphe-Sicé de Pointe-Noire, onde, antigamente, trabalhara por mais de vinte anos. Era exagero dizer que o trabalho de Vieux Koukouba consistia em repreender os defuntos de acordo com as circunstâncias em que tinham morrido antes de organizá-los nas gavetas uns sobre os outros, e às vezes bater neles como tapetes quando estimava que eram os próprios responsáveis por suas mortes? Esses cadáveres se recusavam a ir para o outro mundo e ousavam ainda mexer um dedo do pé como se quisessem se agarrar à vida. Quando os alunos do ensino fundamental e médio visitavam o necrotério com o professor de biologia, Vieux Koukouba encontrava, enfim, a oportunidade de se achar o homem mais importante do planeta. Com um sorriso malicioso nos lábios, identificava enfaticamente os cadáveres e explicava ao público que ele os havia embelezado tanto que seria um privilégio para qualquer cemitério de Pointe-Noire recebê-los. Com um ar assoberbado mas apaixonado por sua profissão, cochichava para aos visitantes:

— Os cadáveres não param de chegar nos últimos dias!

Hoje cedo eu recebi mais dois corpos tão destruídos que precisei catar os pedaços de carne desde o pátio do hospital até a entrada do necrotério. Parece que houve um acidente de carro sério para os lados do trevo Albert-Moukila, e esses malandros estavam com o pé na tábua! Bom, já que comigo ninguém tem pressa, eles estão agora com os pés na cova!

Como seu humor ácido não animou os alunos, que estavam mais para assustados por conta do lugar e dos corpos rígidos, ele soltou, resignado:

— Bom, não vamos perder tempo, vamos logo fazer o tour do necrotério, peguem essas máscaras para se protegerem, porque nem sempre o cheiro é bom lá dentro...

Vieux Koukouba se passava, então, por pedagogo, acariciando com ternura o crânio raspado e irregular de um cadáver, murmurando para ele em tom paternal:

— Seja bonzinho, meu pequeno, temos visitas e você não tem nada que temer essas pessoas, elas só querem ver como se trabalha aqui, depois vão nos deixar em paz...

Como se temesse que o defunto escutasse o discurso, baixou a voz e revelou aos visitantes:

— As saliências em seu crânio derivam de um conflito com os pais de sua companheira. Quando chegou aqui fiquei com pena dele e consegui disfarçar as principais marcas. Ele sempre se queixa de frio e me pede para aumentar a temperatura, ou vai se recusar a deixar que sua família o leve ao cemitério. Eu me esforço para consolá-lo, para explicar-lhe que será bem recebido lá em cima. Não há nada a ser feito, ele fica amuado, se contorce, dá pontapés nos colegas. O pior é que insiste que está neste necrotério por erro, que outro cara é que devia ter morrido em seu lugar, que ele tem coisas muito importantes para acertar, que não acabou de pagar seu empréstimo ao banco e que deve dinheiro a várias pessoas do bairro Trois-Cents. Até parece! Os mortos costumam usar estratégias do arco-da-velha para ganhar tempo, e se lhes déssemos ouvidos, ninguém morreria nesse mundo. É lindo dizer que não é a sua vez de morrer, e eu faço o que durante esse tempo se as pessoas não morrerem, hein? Além do mais, ele não para de exigir a presença de sua companheira, que mora em Paris. Depois de averiguar, descobri que essa mulher tinha ido para a França fazer um estágio de seis meses, mas que tinha se casado lá com um sujeito da nossa embaixada, um amigo de infância do infeliz cadáver. Daí o arranca-rabo que lhe custou a vida, porque ele imaginava que os pais de sua companheira estavam a par dessa união na França. Recebeu marteladas na cabeça e morreu uma hora depois. Vocês acham que sua ex-companheira vai sair de Paris para o funeral? Se eu lhe disser que ela não virá, ele vai encher ainda mais os outros cadáveres! Percebem em que situação este trabalho me coloca? Não é só o enterro que conta, existe também o acompanhamento moral dos defuntos, e é o mais difícil. Eu vejo os mortos chegarem em todos os estados, eu os acondiciono bem no frio, os visto, dou a mão para eles até o cemitério, e sou também eu que cavo a última morada deles. Por exemplo, eu disse para esse cadáver chifrudo que ele vai ter outra mulher no céu, uma mulher mais bonita, e ele me pergunta se lá em cima as mulheres têm traseiros tão bonitos quanto o de sua companheira! Respondi que não sabia nada sobre isso; pois bem, ele disse que só iria lá para cima se fosse com sua companheira! É por isso que não para mais de gesticular, de acenar para mim com o dedão do pé, sobretudo quando vê chegando gente como agora. Vou te dizer, este trabalho não é fácil!...

Vieux Koukouba se esquecia de que os visitantes estavam lá para uma aula e que as anedotas sobre os cadáveres estavam longe de lhes instruir sobre as sutilezas do corpo humano e ajudá-los durante as provas...

Eu ficava surpreso com o talento de Bissoulou Ngoulmoumako, que, sem se incomodar com a presença de vários residentes, imitava perfeitamente a voz e os gestos de Vieux Koukouba. Era como se conseguisse entrar na pele desse personagem, e, quando lançava mão de uma voz sepulcral, todos os seus colegas se curvavam para parecerem velhotes, e para nós era como se o próprio Vieux Koukouba contasse sobre esse período longínquo de sua existência.

O velho guarda poderia ter passado a vida como responsável por esse necrotério, mas as coisas se desgastaram por causa de sua conduta em relação aos restos mortais das moças mais bonitas de Pointe-Noire. Ele cavava sua própria cova, em certo sentido, pois eram inúmeras as moças que só haviam perdido a virgindade depois da morte. Era o caso da colegial Mandola, apelidada de "Modelo", que estava terminando o ensino médio com ênfase em biologia no liceu Victor-Augagneur e que todo mundo apostava que conseguiria o diploma de olhos fechados. Ela tinha uma bicicleta VéloSoleX, que estava na moda, na época, entre as crianças de famílias abastadas, e usava minissaias, camisas que destacavam o molde de seu corpo e tranças que caíam sobre seus ombros. Uma manhã, seus colegas, que não tinham escutado o barulho de sua SoleX, descobriram que a menina de quem se falava no noticiário e que tinha sido violentamente atingida por um caminhão da Companhia Marítima na altura do trevo Patrice-Lumumba era na verdade Mandola, e ela não tinha sobrevivido ao acidente. Antes mesmo de o corpo chegar até Vieux Koukouba, este, tendo escutado a notícia na rádio La Rue Meurt, já havia preparado um belo vestido branco, sapatos e maquiagem compradas no supermercado Le Printania.

Ao lavar a jovem Mandola, ele lhe dizia:

— Você vai ficar ainda mais bonita! Vai ser uma branca, uma de verdade, só para mim. As outras mortas vão ficar com tanto ciúme que vou ter que encontrar uma gaveta só para você, porque não vou suportar que elas arranhem seu belo rosto angelical...

Vieux Koukouba a tomava, agora, como sua própria mulher, com quem, durante o período de tempo em que o corpo esteve sob sua responsabilidade, ele fazia certas coisas pouco recomendáveis e sobre as quais a decência e o respeito pelos mortos me obrigam a calar...

Oito dias depois, a família de Mandola chegou para buscar o corpo e estava quase levando outro cadáver que Vieux Koukouba lhes apresentou como sendo o da filha, exatamente com a intenção de não acabar com esse idílio macabro. Mas, por curiosidade, um dos tios de Mandola se debruçou sobre o cadáver que estava ao lado, o da "branca". Enquanto Vieux Koukouba estava de costas para preparar a morta errada, o tio tirou um lenço do bolso e esfregou discretamente o rosto da "branca". Percebeu a pele negra por baixo e notou as duas cicatrizes entre as sobrancelhas, sinais distintivos de um subgrupo de batékés ao qual a família pertencia. O grito de estupefação que ele soltou e o eco que veio em seguida fizeram o grupo ir embora do necrotério como se um fantasma tivesse acabado de aparecer.

Vieux Koukouba desapareceu pela porta dos fundos para escapar dessa família que iria provavelmente trancá-lo em uma das câmaras frigoríficas. Uma autópsia do cadáver foi pedida no mesmo dia por esse tio. No dia seguinte, a manchete dos jornais de Pointe-Noire tinha títulos dos mais estranhos: "O violador de cadáveres pego em flagrante", "O violador de cadáveres que transformava suas vítimas em mulheres brancas", "O homem que as amava frias e inanimadas", "Um amor bem maquiado" etc.

Para escapar da vingança popular, Vieux Koukouba foi embora de Pointe-Noire. Disfarçado de mendigo, caminhou durante meio dia e chegou em Loango, onde bateu na porta do orfanato e se apresentou à congregação religiosa que o dirigia como sendo alguém que perdera tudo na vida e que procurava asilo. Chorava como uma criança e, em sua boa-fé, os religiosos lhe abriram as portas do estabelecimento.

Ele começou primeiramente trabalhando como jardineiro e funcionário do armazém. Depois, quando a congregação partiu e o estabelecimento voltou a pertencer ao poder público, foi nomeado guarda do local...

Eu cochichava para Bonaventure se juntar a mim no parquinho, onde os últimos residentes que estavam jogando futebol já arrumavam suas coisas, pois o dia estava acabando.

— Moisés, para que a gente vai para um canto como se estivesse conspirando para fugir do orfanato?

Não pude esconder meu espanto:

— Então você estava sabendo?

— Sabendo de quê?

— Da fuga desta noite, você acabou de falar dela!

— Ah, é? Então tem gente que vai escapar essa noite? É sério, é muito sério!

A maneira como ele arregalava os olhos mostrava que não estava tirando sarro de mim.

Os gêmeos tinham me dito algumas horas antes para fugir com eles para Pointe-Noire. Eu havia respondido que não ia sair do orfanato de jeito nenhum e que esse estabelecimento era minha casa, ainda que não tivesse mais Papai Moupelo e Niangui.

— Então você vai passar a vida inteira aqui, é? — se espantou Songi-Songi. — Se é uma criança tão excepcional, por que nunca foi adotado por uma família? E, para começar, quantas crianças tiveram um destino de verdade desde que você está aqui, hein? Zero! A gente chegou e você já estava aqui, nunca saiu do lugar, a gente te oferece a oportunidade de ir para Pointe-Noire, e você fica aí dizendo que adora a casa dos seus patrões! Você acha que estamos brincando, é isso?

— E se o plano de vocês der errado e o diretor...

— Se der errado, vai ser culpa sua! — cortou Tala-Tala. — Porque a gente só ofereceu isso para você! E te juro que se amanhã a gente ainda estiver aqui por sua causa, você vai morrer duas vezes: primeiro eu vou te matar, depois meu irmão também vai!

Os dois não tiravam os olhos de cima de mim como se esperassem uma resposta imediata. Para ganhar tempo, balbuciei:

— E Bonaventure... Quero dizer, Bonaventure também pode vir com a gente?

— Esse imbecil que se comporta como se ainda fosse criança? Não, de jeito nenhum! — esbravejou Songi-Songi. — Ele é do tipo que vai colocar tudo a perder, a gente não quer saber dele, não!

Essa rejeição ao meu melhor amigo me ofereceu uma saída:

— Então, se Bonaventure não pode ir, eu também não vou! Ele é como se fosse meu irmão gêmeo... É como vocês dois, um não pode ir sem o outro!

Esse último argumento deixou os dois sem resposta. Eles se olharam como que para decidir o que iriam me dizer, e foi Tala-Tala quem foi logo ao assunto:

— Olha só, ele até pode vir... Mas, se ele estragar nosso plano, a gente vai matar ele primeiro, depois na sequência a gente mata você! À meia-noite em ponto vão para trás da sala do

Movimento Nacional dos Pioneiros da Revolução. Se não estiverem lá na hora, a gente vai embora sem vocês.

— E como a gente vai sair daqui?

— É só confiar na gente, ou então nem apareça à meia-noite!

Deram meia-volta para ir ao prédio principal, um segurando a mão do outro, como se tivessem medo de se separar antes da meia-noite...

*

— Se os gêmeos é que vão fugir, vai ser maravilhoso, a gente vai enfim ter paz e ser os donos desse orfanato!

— Bonaventure, você não me entendeu bem: a gente também vai aproveitar para fugir! Acredite em mim, ninguém vai ficar bravo com a gente, vão acusar os gêmeos de toda a conspiração e de terem influenciado a gente!...

— Quem é esse "a gente" que você fala toda hora?

— Eu e você! Pare de ser chato, o tempo está passando! Ele balançou várias vezes a cabeça:

— Não, não, não conte comigo, não gostei dessa história, é esquisita e eu não vou sair daqui! Eles querem fazer como no filme de Alcatraz que viram: precisam estar em três para fugir!

Inconscientemente eu retomei as palavras de Tala-Tala:

— Bonaventure, então a gente vai passar nossa vida inteira aqui, é? Se a gente é tão excepcional assim, por que nunca fomos adotados por uma família? E, para começar, quantas crianças tiveram um destino de verdade desde que a gente está aqui, hein? Zero! Quando os gêmeos chegaram eu e você já estávamos aqui, a gente nunca saiu do lugar, e eles oferecem a oportunidade de ir para Pointe-Noire, e você fica aí dizendo que adora a casa dos seus patrões! Você acha eles estão brincando, é isso?

De qualquer maneira, não é desse jeito que eu tinha imaginado ir embora de Loango!

— Ah, é? E você quer ir embora como?

— Você sabe bem: estou esperando o avião que vai aterrissar aqui só para me buscar...

— Existe uma pista de aterrissagem de verdade em Pointe-Noire, e lá eu juro que você vai ter todos os aviões que quiser para ir a qualquer lugar do mundo inteiro!

— É conversa-fiada, nem venha me confundir, eu não vou com vocês! Vai você com eles, prometo que fico de boca fechada até o dia em que meu avião chegar...

— Fala sério! Às vezes tenho vontade de dar razão aos outros que dizem que você não cresceu e que não passa de um imbecil!

— Então eu sou o imbecil?

— É!

— Obrigado, mas não vou me deitar no chão dessa vez para você bater em mim, chega, sim, chega, boa sorte para você...

Ele me lançou um olhar de cachorro pidão antes de me dar as costas e ir para o prédio principal.

Fiquei lá um tempo me perguntando se eu não iria cair em uma emboscada que os gêmeos tinham planejado para que eu ficasse muito mal com Dieudonné Ngoulmoumako. Este poderia facilmente se livrar de mim explicando aos responsáveis do Partido Congolês do Trabalho que eu não passava de um pequeno criado local do imperialismo. Isso poderia aliviar o calvário que vivia e, talvez, reabilitá-lo junto aos intrusos que o tiravam do sério. De Loango eu poderia então ir parar diretamente em Boloko, a prisão que diziam que só recebia agora os adolescentes relutantes que incitavam os colegas a sair do caminho da Revolução traçado pelo nosso Guia, o presidente da República.

Só me restavam algumas horas para decidir. Correr o risco de ir com os gêmeos ou continuar perto daquele por quem eu tinha uma enorme afeição. Eu não me imaginava indo embora sem ele. E se um dia um avião realmente aterrissasse diante do orfanato?

Às quinze para meia-noite, vencendo o peso dos remorsos e a força dessa afeição que me ligava a Bonaventure, me levantei. Olhei uma última vez para ele: estava roncando e seu braço esquerdo estava para fora da cama.

Peguei o corredor para chegar ao lugar do encontro com os gêmeos...

Avançávamos em fila indiana, precedidos por Petit Vimba, que, na escuridão, parecia medir o triplo de nosso tamanho. Eu não confiava nesse guarda e não entendia o que o havia feito nos oferecer a liberdade de mão beijada. Será que era porque tudo estava desmoronando nesse orfanato e, como ratos escapando de seu buraco por causa de um incêndio, cada um corria para salvar sua pele?

Eu não devia abrir a boca, e os gêmeos haviam sido categóricos sobre isso: nenhum barulho, tirar os sapatos, se deslocar na ponta dos pés para não acordar Dieudonné Ngoulmoumako, Mfoumbou Ngoulmoumako, Bissoulou Ngoulmoumako e Dongo-Dongo Ngoulmoumako, pois, diante do império deles, cujos alicerces caíam uns atrás dos outros, eles poderiam cometer um ato irremediável.

A porta de saída agora estava lá, diante de nós, e Petit Vimba, sem se virar, se afastou para nos deixar passar.

Bem quando havíamos enfim colocado o nariz para fora, meu sangue gelou: os vigias Mpassi, Moutété e Mvoumbi estavam no exterior, cada um com um cassetete na mão.

— Eles estão com a gente — cochichou Tala-Tala —, não gostam dos sobrinhos do diretor...

Me virei para dar uma última olhada nesse estabelecimento no qual tinha passado treze anos. A luzinha que deixávamos no dormitório me pareceu opaca, mas pude divisar na moldura da janela que acabava de se abrir a silhueta de Bonaventure: ele nos assistia avançar noite adentro enquanto o pesado portão de entrada da instituição voltava a se fechar atrás de nós...

*

Os gêmeos me impuseram uma marcha militar. Eu tinha dificuldade para seguir a passada larga deles. Ninguém falava, e eu quebrei esse silêncio.

— Ainda não entendo por que Vimba deixou a gente ir embora...

Foi Tala-Tala quem esclareceu:

— Você também deve achar que esse tipo de coisa só acontece no cinema, pois não! Como você sabe, fazia tempo que a gente escutava Vieux Koukouba gemer de dor no banheiro enquanto mijava. Antes de ontem, a gente juntou coragem e foi dizer a Petit Vimba que podíamos curar o velhote. Primeiro ele mandou a gente pastar, mas voltou ontem para perguntar como a gente faria para curar Vieux Koukouba sendo que os médicos não tinham conseguido. Foi então que explicamos que se ele nos deixasse impor nossas mãozinhas sobre o velho a doença desapareceria assim, como fumaça. O problema era que Vieux Koukouba não estava disposto, e era preciso convencê-lo. Assim que deu sinal verde, porque Vimba lhe disse que ele não tinha mais escolha, que poderia morrer nos próximos dias, ele finalmente aceitou, não sem resmungar: "Se esses dois bruxinhos me enganarem eu vou me vingar no inferno, e lhes prometo chamas mais ardentes que as de Geena". Petit Vimba veio procurar a gente no meio da madrugada, alertando também que se aquilo não funcionasse ele cuidaria de nós assim que amanhecesse e a gente se lembraria dele por toda a vida. Fomos para a sala dos guardas, onde o velho parecia tão imóvel que pensamos que já tinha ido para o lado de lá. Foi Petit Vimba que abaixou as calças do doente, mas este logo voltou a si e nos obrigou a fechar os olhos no momento em que o curássemos. Colocamos nossas quatro mãos na altura de sua coisa lá durante uns minutos... Eu sei, você não vai acreditar na gente, mas de repente sua coisa lá se levantou na calça como se o velho ainda tivesse vinte anos. "Para trás!", nos ordenou. Ele precisava fazer xixi para ontem, e urinou no balde perto dele sem ligar para a nossa presença. Primeiro soltou um grito de dor, sem dúvida porque já estava acostumado a isso, depois se virou em nossa direção enquanto o xixi, abundante e quentinho, caía no balde. "Estou mijando! Estou mijando normalmente!" Ele queria gritar de felicidade, pegar a gente no colo, abraçar, mas se acalmou porque se fôssemos surpreendidos nessa situação, quero dizer, dois menores que tocavam no sexo de um adulto, será que teriam acreditado que estávamos lá para curá-lo, hein? Quanto ao resto, como estava combinado, Vimba iria ajudar na nossa fuga, tendo como cúmplice também Mpassi, Moutété e Mvoumbi, que não esqueciam que estavam em guerra contra os três outros sobrinhos do diretor e até contra o próprio diretor desde que este os nomeara como chefes da seção da UJSC do orfanato, o que tinha, talvez, começado a acelerar o fim do reino de Dieudonné Ngoulmoumako...

Eu não duvidava do que Tala-Tala me contava. Já sabia havia muito tempo que os gêmeos, em nosso país, nascem com poderes sobrenaturais. Pelo menos, pensava eu, eles tinham enfim feito alguma coisa útil na vida, e a culpa de terem em outra época furado o olho de um colega seria menos pesada de suportar...

Pointe-Noire

Nós dormíamos no Mercadão de Pointe-Noire com outros adolescentes que havíamos encontrado lá, cada um ocupando uma banca do mercado e se comportando como se ela fosse sua propriedade privada. Mas precisávamos cair fora de lá antes das cinco da manhã, hora em que chegavam os comerciantes dos quatro cantos da cidade em caminhões cujo barulho do escapamento ressoava como rojões molhados. Aqueles de quem tínhamos mais medo eram os peixeiros e os vendedores de legumes, que, no mês de novembro, chegavam aos fins de semana por volta das duas da manhã. Eles nos olhavam de longe sem dizer nenhuma palavra, e só a presença deles nos dava calafrios. Rezava a lenda que vendiam na verdade outra coisa além dos peixes e legumes, comércio que servia para disfarçar sua feitiçaria. A partir de novembro, transformavam o Mercadão em um ponto de encontro com os piores seres de Pointe-Noire e trocavam as almas das pessoas que iriam ser "devoradas" durante as festas de fim de ano. Não se tratava de esquartejar essas pessoas para cozinhá-las em uma panela! Cada alma à venda era simbolicamente representada por um peixe ou por um legume, e os indivíduos assim vendidos ficavam doentes da noite para o dia antes de morrer sem que se soubesse do que sofriam, apesar dos cuidados de todos os médicos e curandeiros, que haviam jogado a toalha. Só os feiticeiros que iam ao funeral "viam" com seu terceiro olho que a pessoa tinha sido "devorada", que sua alma fora negociada no Mercadão e que não era possível fazer mais nada...

Esses vendedores de peixes e legumes infernizavam nossa vida quando estávamos num sono profundo e nos esquecemos de nos levantar a tempo, porque estávamos exaustos por termos passado o dia inteiro vagando aqui e acolá, afanando espetinhos de carne que as vovozinhas vendiam ao longo das grandes ruas, furtando eletrodomésticos nas lojas dos marroquinos da avenida da Independência para revendê-los em bares, confrontando bandos rivais que se opunham à nossa presença na capital.

Se os gêmeos conseguiram assumir o controle do Mercadão apesar dos outros bandos, foi porque a maior parte dos personagens que tínhamos encontrado lá eram antigos colegas deles do orfanato de Pointe-Noire, e estes não haviam esquecido da época em que os dois irmãos furaram o olho de um menino mais velho do que eles. Não era essa, na minha opinião, a razão principal que os havia estabelecido como verdadeiros chefes no mercado. Acho que era, sobretudo, porque eles tinham enfrentado um jovem que se autointitulava Robin, o Terrível, e que deitava e rolava na região antes de nossa chegada.

Robin, o Terrível, era líder do bando mais estruturado, mais temido e mais antigo de Pointe-Noire. O cara a cara não demorou muito e aconteceu assim que Robin, o Terrível, descobriu que os gêmeos estavam tentando tomar seu lugar e tinham passado a se declarar donos de seu território. Ele foi com mais dez membros de seu bando para a frente do restaurante Chez Gaspard, onde tínhamos o costume de passar o dia esperando que os clientes nos dessem algumas moedas na saída. Nessa época, nosso bando mal tinha uns dez integrantes, e a maior parte deles eram uns covardes que não faziam nada de corajoso sem que os gêmeos estivessem junto.

Assim que vi Robin, o Terrível, senti minhas pernas fraquejarem, mas me esforcei para não mostrar aos gêmeos que estava intimidado por aquele grandalhão de pele muito escura com uma musculatura de pescador beninense. Eu tinha ouvido falar de sua "lenda" por alguns meninos que se juntaram a nós e que ele expulsara de seu grupo apenas por seu humor, que diziam variar de uma hora para a outra. Seu apelido era Robin, o Terrível, porque ele se achava o Robin Hood, herói da Idade Média que se escondia com seu grupo de salteadores em uma floresta da Europa e assaltava os ricos para redistribuir aos pobres. Com a diferença de que Robin, o Terrível, nunca tinha posto os pés em uma floresta e tirava dos ricos e dos indigentes sem fazer distinção. Esses mesmos meninos contavam também que a obsessão dele por Robin Hood vinha da infância, quando, depois da escola, se trancava na biblioteca da igreja Saint-Jean-Bosco, lia as aventuras de seu personagem preferido e dava, enfim, um rosto ao nome. Apesar de as ilustrações coloridas do livro o cativarem, ele se embananava todo, voltava para a página anterior, a relia em voz alta e coçava a cabeça, se perguntando: "Por que João Pequeno, o amigo de Robin Hood, se chama assim sendo que não é pequeno, muito pelo contrário, é alto, forte e na floresta é ele o chefe dos fora da lei?". Algumas páginas depois, ele quase saltava de alegria quando entendia, enfim, que João Pequeno estivera no comando desses salteadores antes de Robin Hood aparecer e que não era do tipo que abria mão de uma parte de sua influência sem lutar. Então, João Pequeno e Robin Hood se desafiaram desde seu primeiro encontro, pois um galo que domina o galinheiro não deixa um novo galo se impor e dar a impressão ao resto das aves de que agora ele é que anunciará o amanhecer. Ele admirava a coragem de João Pequeno, que chamara Robin Hood para um duelo com bastão antes que os dois se tornassem os melhores amigos do mundo. Era uma das lições de sobrevivência que aprenderia muito cedo e que lhe serviria mais tarde nas ruas de Pointe-Noire, onde para se fazer respeitar não bastava repreender, era preciso também ganhar músculos e defender seu território de todos os jeitos possíveis. Se o adversário era mais forte, valia mais a pena, como João Pequeno, fumar o cachimbo da paz com ele, fazer dele um aliado e não um adversário.

Mais tarde, quando abandonou a escola, fugiu da casa dos pais para viver, dizia, como Robin Hood. Havia uma pequena floresta perto do bairro Comapon só com alguns eucaliptos e mangueiras que nem davam mais frutas. Robin, o Terrível, ficava morto de tédio ao pé de um dos eucaliptos, já que nenhum menino aceitara segui-lo em sua aventura. Tirou da cabeça a ideia da floresta e se tornou um adolescente que perambulava pelas ruas de Pointe-Noire, pois para ele essas ruas eram também florestas. Ele fabricou um arco, se vestiu com roupas que fingia ser da Idade Média, embora as surrupiasse no mercado de pulgas do porto de Pointe-Noire, exceto o capuz verde, que encomendou dos costureiros malianos do Mercadão e que todo mundo invejava. Ele era, então, o único jovem bandido da cidade a andar por aí com arco e flecha. Ainda precisava aprender a usar essa arma de aparência rudimentar que exigia, no entanto, um conhecimento profundo daquele que a utilizasse, portanto uma prática regular que lhe faltava. Mas, só de verem sua roupa e sua arma, os bandidos de Pointe-Noire, em particular aqueles do Mercadão, saíam correndo ou se ajoelhavam diante dele. Ele tinha todo o território para si, e acontecia de lermos a narrativa de suas aventuras nos jornais da cidade.

Songi-Songi e Tala-Tala ameaçavam seu reinado. Robin, o Terrível, não era bobo: ele sabia que o fato de serem gêmeos escondia mistérios. Assim, tinha vindo convidar os gêmeos para se associarem a seu bando.

— O poder não se oferece — respondeu secamente Tala-Tala.

— É você que tem de ser nosso sócio, senão vamos ter que brigar para você mostrar aos seus homens que é mais forte do que a gente!

— É fácil dizer isso quando são dois querendo brigar com um só!

Os gêmeos se olharam, e Songi-Songi propôs:

— Você fica então com seu arco e flecha, a gente briga só com as mãos!

Nós, do bando dos gêmeos, ficamos de queixo caído. Por que propunham um combate tão desigual?

Robin, o Terrível, aproveitou a oportunidade e se preparou para atirar. Antes mesmo que sua mão direita esticasse a corda do arco, Songi-Songi avançou como um felino sobre ele e tomou sua arma, enquanto Tala-Tala arrancava sua bolsa de flechas. Tudo isso aconteceu tão rápido que, mal abrimos e fechamos os olhos, estupefatos, e vimos Tala-Tala usar uma flecha para furar o olho direito de Robin, o Terrível, enquanto os membros de seu bando, aterrorizados, passavam sebo nas canelas. Os cinco ou seis que sobraram — porque o medo os impedia de fugir — juraram lealdade aos gêmeos e entraram para nosso bando.

Quando estávamos indo embora porque ouvíamos o barulho das sirenes da polícia, Robin, o Terrível, também se mandava, porque tinha consciência de que os policiais não teriam pena de seu olho, e iam na verdade fazê-lo responder pelos delitos e até pelos crimes que cometera na cidade desde que passara a achar que era Robin Hood.

Robin, o Terrível, suplicou aos gêmeos, mais tarde, para fazer parte de nosso grupo.

— Não quero mais ser Robin Hood, mas me deixem pelo menos ser João Pequeno... Tala-Tala, resistente, respondeu-lhe:

— Você não vai ser mais nem Robin Hood, nem Robin, o Terrível, acabou! Também não vai ser João Pequeno, porque a gente já tem o nosso João Pequeno, mas vamos chamá-lo de "Pimentinha", porque ele provou seu valor com pimenta, e você, você não vai passar de mais um do bando como os outros...

Robin, o Terrível, parecia agora um pirata com seu chapéu verde e seu olho que ele cobria com um tecido. De tanto ser motivo de chacota daqueles que antigamente tremiam quando ele aparecia, o jovem sumiu de circulação. Não o vimos mais no Mercadão até o dia em que alguém de seu antigo bando veio nos contar que haviam pescado no rio Tchinouka o corpo de seu antigo patrão, apunhalado e jogado na água por bandidos do bairro Mbota, cujo chefe o culpava por ter, em outros tempos, roubado as economias de sua velha mãe no Mercadão...

Depois de um ano e meio vivendo sob a proteção dos gêmeos e executando todo tipo de tarefa — roubar mobiletes ou pneus de carros, assaltar os brancos do centro da cidade, preparar emboscadas para os namorados perto da ponte dos Martírios para roubar-lhes a carteira —, eu me sentia cada vez mais como seu associado. Tinha orgulho de meu apelido de Pimentinha, pois isso queria dizer que eles reconheciam que eu não era um covarde. Vários do nosso bando acreditavam erroneamente que eu devia meu apelido ao fato de que eu metia meu nariz em todo canto — diziam, para me provocar, que eu tinha um focinho — e que eu era tão feliz quanto um pinto no lixo. De fato, nada me escapava, eu estava por trás de todo golpe dos gêmeos, às vezes eu era o instigador voluntário do golpe, porque no fim, quando iam dividir os lucros, eu parecia um cachorro que tinha se esforçado para caçar e que os donos não recompensavam nem mesmo com um ossinho.

Como eu era o explorador deles, sabia então onde se reuniam nossos trapaceiros reincidentes, nossos vigaristas sem genialidade, nossos bandidos tapados, nossos ladrões de pneus Michelin, nossos assaltantes aprendizes, nossos batedores de carteira com facões sem cabo, nossos trapaceiros com uma ficha criminal tão lotada que o juiz, irritado, os soltava uma hora mais tarde sob ameaça:

— Ainda vou endireitar vocês! Tô de saco cheio desses vigaristas que atrasam minha aposentadoria!

Eu não tinha apenas me transformado fisicamente, mas também falava como os membros do grupo e tinha, então, conseguido me livrar daquela maneira cuidadosa de me expressar que exigiam de nós em Loango. Era minha vez de sonhar em ser Robin Hood, em ter o seu nome como apelido e em possuir o que o finado Robin, o Terrível, não tinha conseguido: o coração generoso desse personagem. E quando por acaso eu cruzava com um ladrão de mangas ou de mamões sendo perseguido por um caipira do Mercadão, eu corria na frente do perseguidor, colocava rápido minha patinha de desordeiro na frente, o caipira se via no chão enquanto o delinquente, para minha grande satisfação, fugia e levantava o polegar direito para me agradecer. Era meu jeito de redistribuir as riquezas aos miseráveis, porque eu acreditava que esses pobres salteadores agiam de boa-fé e reaviam os bens acumulados pelos capitalistas malvados de nossa área. Mas os gêmeos colocaram os pingos nos is e me fizeram entender que essas histórias de Robin Hood não podiam mais ser notícia, caso contrário todos os bandidos iam ter de fechar as portas do negócio. Insistiram para que eu mantivesse meu apelido de Pimentinha e meu papel de associado, e se me pegassem de novo surrupiando coisas do Mercadão para dar aos indigentes da mesquita ou do trevo Lumumba, como eu fazia, teria de encarar sua fúria e, então, brigar com eles e correr o risco de perder meu olho direito...

No nosso bando aceitávamos todo mundo. Eu simpatizava

muito com os paralíticos que julgavam ridículo, chocante, talvez inadmissível ter duas pernas, mas também com os cegos capazes de encontrar uma agulha no palheiro ou com os caolhos que se revezavam para emprestar seu olho bom aos outros em troca de refeição ou de engradados de cerveja.

Eu lhes dizia:

— Como vocês são cegos, por que não ficam amigos dos paralíticos, assim eles veriam as coisas para vocês e vocês andariam para eles?

Mas esses ceguetas não queriam saber de amizade entre paralíticos e cegos. As duas facções eram, aliás, as piores inimigas. Quando comiam juntos, os cegos se queixavam e acusavam os paralíticos de escolher os pedaços maiores.

— Como sabem que pegamos pedaços grandes se são cegos? — perguntavam os paralíticos.

Os cegos respondiam:

— Um pedaço de carne é grande quando demoramos mais de quarenta segundos para mastigar antes de engolir!

Eu ia para junto de outros personagens, como o Busto Sagrado, um pervertido de vinte anos que desenhava seios de velhas nas fachadas dos prédios públicos e fingia que isso lhe valia entrada direta no paraíso sem pegar fila conosco, que éramos incapazes de reconhecer sua arte mamária. De todas as pessoas do Mercadão, ele era o mais moderado, e eu podia contar com ele sempre que tinha algum problema, mesmo com os gêmeos.

E o que dizer do gago perneta que repetia sem parar: "Grosso modo não quer dizer talvez, mas aproximadamente!", ou ainda do séquito das ovelhas das igrejas pentecostais enlouquecidas contra os pastores que lhes haviam prometido mundos e fundos e não lhes tinham mostrado nem mundos nem fundos? Sustentavam que o caminho do paraíso passava pela Costa Selvagem, e iam contemplá-la às quatro da manhã, tentavam em vão andar sobre a água, porque seu guru lhes havia colocado na cabeça que, como Jesus conseguira essa proeza, seus adoradores podiam fazer o mesmo de olhos fechados e para grande danação do diabo. Os bombeiros tiveram que socorrer algumas vezes esses crentes quando se afogavam e gritavam por socorro, sendo que, normalmente, quando queremos morrer, não adianta de nada incomodar as pessoas que querem continuar vivendo...

Nós nos recolhemos em direção à Costa Selvagem depois de uma operação muito midiática conduzida pela prefeitura contra os "mosquitos do Mercadão". Para ser claro, éramos os insetos nocivos que incomodavam François Makélé, o cidadão mais ilustre da cidade. Ele se candidatava ao quarto mandato, e sua foto estava colada em cada esquina da área metropolitana. Assim que eu parava em frente a uma dessas fotos, notava seu sorriso hipócrita que me lembrava, dois anos e meio antes, o de Dieudonné Ngoulmoumako quando ele subiu no palanque do prédio principal do orfanato de Loango para nos anunciar a Revolução. O que contava para François Makélé era ser reeleito e, para isso, fazia uso dos meios mais espetaculares. Ao nos chamar de "mosquitos do Mercadão", encontrara o argumento que suscitava a antipatia da população em relação a nós. Em um dos cartazes de sua campanha eleitoral ele aparecia borrifando Fly-Tox debaixo das mesas do Mercadão...

    François Makélé sempre nos mandava milicianos armados com jatos de água, cassetetes e bombas de gás lacrimogêneo. Era uma batalha acima de nossas forças. Éramos obrigados a bater em retirada. E assim ajudávamos François Makélé a manter sua poltrona, já que ele estufava o peito, deixando claro que havia conseguido livrar o Mercadão de Pointe-Noire de sua escória.

*

Na Costa Selvagem, podíamos enfim respirar.

Éramos obrigados a preparar nossa comida nós mesmos, sendo que até então nos "servíamos" no Mercadão. Quando digo comida, falo de carne de gato ou de cachorro, porque Songi-Songi e Tala-Tala eram da tribo dos bembé e alguns de seus amigos eram tékés. No começo, se tivessem me falado que eu ia comer essas carnes, eu teria pensado quatro vezes e meia antes de enfiar uns pedaços enormes em minha boca, que aliás nunca soubera separar o trigo do joio e que tinha preferência, de todo modo, pelo joio e uma repugnância pelo trigo. Em princípio, quando estamos com fome, a barriga nos faz engolir qualquer coisa, e se lá dentro não der certo a barriga acusa injustamente os olhos de não terem sido vigilantes. Além disso, eu não via quando é que os gêmeos e seus amigos tékés capturavam esses animais domésticos.

Só fui me dar conta muito mais tarde de que estava me alimentando de carne de cachorro e de gato fazia semanas. Um dia, surpreendi os bembés falando sobre um gato gordo que costumava fazer suas necessidades na areia da Costa Selvagem e enterrá-las discretamente. Eu os vi preparando uma armadilha que tenho dificuldade em descrever aqui. Era, se bem me lembro, um recipiente de alumínio que eles tinham feito às escondidas seguindo à risca um método herdado de seus ancestrais, com uma tampa que se fechava em uma fração de segundo assim que o animal tentasse pegar a isca que estava lá dentro. Atiçavam os infelizes felinos com pasta de amendoim, que os gatos adoram — e é por isso que preferiram continuar sendo animais domésticos em vez de irem viver no mato, onde ficariam sossegados e longe dos bembés. Mas os gatos não sabem que a verdadeira liberdade está no mundo selvagem. Aparentemente eles nunca leram a fábula do rato da cidade e do rato do campo porque, se a tivessem lido como eu o fiz na biblioteca de Loango, teriam optado por viver no mato, onde os ratos do campo comem tranquilamente, o prazer deles ainda não corrompido pelo medo, como é o caso dos ratos da cidade.

  Então, os amigos bembés e tékés dos gêmeos faziam os gatos pagarem caro pela obstinação de viver com o homem, e nesse dia, no fim da tarde, o bichano preto e gordo se aventurou perto do mar, não para matar a sede, mas para se aliviar e depois enterrar seus excrementos e seu xixi que desde muito sua espécie tinha vergonha de deixar à mostra, enquanto os cachorros não se privavam de exibir suas fezes a cada cruzamento, a ponto de o prefeito François Makélé ter sido obrigado a colocar placas pedindo para seus donos recolherem os cocôs sob ameaça de multa.

  O erro desse bichano gordo e preto era o de defecar sempre no mesmo perímetro quadrado. E então, nesse dia, em vez de se concentrar no que precisava fazer, suas orelhas e seu rabo se ergueram assim que sentiu o cheiro dominante da pasta de amendoim nos arredores. Ele não acreditava no que via e farejava, pois se virava, lambia os beiços e olhava para nós, que estávamos a algumas dezenas de metros dele. Examinou o recipiente de alumínio, sem dúvida surpreso por encontrá-lo em seu pequeno território. Achou que era um cesto de lixo que os moradores tinham deixado lá para que as pessoas não sujassem mais o chão e jogassem os restos de comida lá dentro. Pensou também que o que tinha em um cesto de lixo pertencia naturalmente ao primeiro animal que chegasse, e não era o caso de se deixar ultrapassar pela horda de cachorros raquíticos que invadiam a Costa Selvagem porque nos bairros populares a crise os levava a comer saquinhos plásticos, baratas ou, nos dias de sorte, aves apodrecidas que deviam compartilhar com répteis de todo tipo cuja periculosidade era proporcional à fome deles.

Com um salto determinado, o bichano preto foi para dentro do recipiente de alumínio, e escutamos o barulho seco e rápido da tampa que logo se fechou sobre ele.

Eu ainda não entendia o que estava acontecendo. Era uma brincadeira, eu me dizia para me tranquilizar. Mas os gêmeos aplaudiam, arrotavam, abraçavam os tékés, e os tékés também arrotavam, abraçavam por sua vez os gêmeos, e quando todos quiseram me abraçar, recuei alguns passos pois por fim acabara de me dar conta da realidade. Eu me afastei do grupo e comecei a correr como um foguete em direção ao recipiente para socorrer o animal que se debatia como se fosse dez gatos. Os gêmeos foram atrás de mim, um deles me alcançou, o outro me imobilizou e me deu um soco na barriga. Fechei os olhos de dor e, quando ia voltar a abri-los, senti como uma martelada que me desferiam no nariz. Era o gago perneta que me golpeava com a carne que lhe restava no lugar da perna amputada.

Enquanto o sangue escorria de minhas narinas, o gago perneta gritava comigo:

— Grosso… grosso… grosso… Grosso modo não quer dizer talvez, mas aproximadamente!!!

Os gêmeos me arrastaram até o lugar em que o gato estava preso e se debatia como um diabo.

— Está vendo esse balde? — perguntou Songi-Songi.

— Sabe o que tem aí dentro? — acrescentou Tala-Tala. — É nossa comida de hoje à noite! Faz três dias que a gente volta de mão abanando dos bairros de Pointe-Noire. A concorrência está difícil desde que as eleições começaram, e é preciso sobreviver como for!

O gago perneta aproximou o rosto do meu:

— E... e... e é você que vai ferver e tirar a pele desse gato!

Atrás dos gêmeos e dos tékés, notei a silhueta dos três sujeitos estranhos que apelidávamos de "Os Três Mosqueteiros", porque se cobriam com mosquiteiros de manhã até a noite, convencidos de que era só eles que os mosquitos da Costa Selvagem atacavam. Os Três Mosqueteiros? Na verdade, com seu cúmplice gago perneta eles eram quatro, ainda que este não se cobrisse com um mosquiteiro como os outros. Como não tinha mais a outra perna, o gago não podia ocupar com um mosquiteiro um de seus braços, que compensava a ausência de sua perna esquerda. Se tivesse todos os membros, teria se comportado como os outros três mosqueteiros. Foi a partir dessa noite que constatei que tínhamos, na verdade, quatro mosqueteiros conosco, e o quarto, o gago perneta, era o mais jovem e o mais audaz, ele tinha catorze anos...

Depois do episódio do gato preto, eu quase não dormia mais. Via a cara desse bicho, escutava seus miados de desespero. Fui me informar com o Busto Sagrado, que desenhava um seio gigante na areia, mas ele me surpreendeu:

— Cuidado com meu seio! Se você pisar aí em cima eu furo seu olho!

— Na verdade vim falar com você sobre...

— Eu sei, eu sei... O gato que a gente comeu está te perseguindo, é isso? Olha, já faz várias semanas que você devora pedaços de gato e de cachorro e...

— Mas eu não sabia disso!

— A gente, os tékés, costuma dizer: "Quando se come uma cabra não se deve nunca olhar direto nos olhos dela, pois sem dúvida ela terá aparência humana!". Você quis salvar esse animal, te forçaram a cozinhá-lo, você se acostumou com a cara dele, e isso está te consumindo...

— Por que esse gato não persegue os Três Mosquiteiros e em vez disso vem atrás de mim, que queria tirar ele do balde?

— Porque você foi mais cruel que os Três Mosquiteiros...

— É mentira!

— Então por que você comeu um gato que queria salvar? Os Três Mosquiteiros não te forçaram a comer o bicho, eu vi você se servindo duas vezes!

Fiquei em silêncio, confuso. Ele virou as costas, murmurando:

— Agora não me atrapalhe mais, me deixe terminar meu seio antes do pôr do sol... De todo modo esse gato poluía a vizinhança, além de que estava engordando, começava a virar felino, e se tivesse chegado ao fim de sua mutação em pantera, como acontece em nossas vilas, ele é que teria comido a gente sem mais nem menos...

Eu não me via passando o resto da vida junto a esse bando de estropiados que só aumentava a cada semana, a cada mês, a ponto de eu não conhecer mais alguns deles e de brigar sem parar com outros para me impor, já que todo mundo dizia ser o associado dos gêmeos, e estes não diziam nada para que eu recuperasse meu status. Era pior do que na famosa corte do rei Makoko, na qual o monarca roncava enquanto os batékés festejavam. Os gêmeos ficaram distantes, eu não os via às vezes por uma semana. Não trabalhavam mais, confiavam algumas missões importantes a novatos que me desafiavam mostrando a língua...

Eu estava quase começando a sentir falta da minha vida anterior, e a tristeza se abatia sobre mim quando eu pensava em meu amigo de infância. Sim, eu me perguntava o que havia sido feito de Bonaventure e por que ele se recusara a me seguir. Estaríamos hoje juntos. Descobriríamos as grandes avenidas de Pointe-Noire. Ele me faria aqueles tipos de pergunta que me irritavam, falsamente ingênuas, mas muito profundas. Nós dois comemoraríamos a maioridade em dois anos e meio.

Eu afastava esses pensamentos, pois me sentia também

egoísta por só ter pensado em mim mesmo, por não ter conseguido convencer meu melhor amigo ou então por não ter escolhido ficar com ele — o que teria sido mais lógico.

O que teria acontecido com os outros personagens de Loango? Dieudonné Ngoulmoumako seria ainda o diretor ou teria sido preso após a sequência de inspeções do Ministério da Família e da Infância? Vieux Koukouba desfrutaria ainda do prazer de enfim urinar normalmente desde que os gêmeos haviam curado sua infecção urinária crônica?

Não, eu não queria mais olhar para trás. Assumia então meu egoísmo e vivia minha liberdade de cachorro vadio em uma cidade que parecia esmagar tudo. Mas eu tinha que sobreviver, e faria de tudo para isso, pois, depois de três anos dedicado a entender os segredos dessa aglomeração labiríntica, descobri sozinho os lugares mais populares, como os bairros Bloc-55, Mouyondzi, Comapon, Mbota, Voungou ou Mongo-Kamba.

Foi durante esses momentos de vagabundagem que fui parar no bairro Trois-Cents, onde conheci uma mulher que mudaria meu destino. Para o bem ou para o mal. Depende de como veríamos as coisas...

Era domingo à tarde. Estava perambulando pelo bairro Trois-Cents, não longe do cinema Rex, quando trombei com essa mulher, pequena, toda vestida de vermelho e com um lenço branco, apertando o passo para atravessar a avenida da Independência, com várias sacolas de compras nas mãos. Homens que jogavam damas na calçada em frente ao comércio de um sírio assobiavam para ela, sem dúvida por causa do traseiro que ela mexia de propósito de cima para baixo, depois da esquerda para a direita. Era seu jeito de zombar desses mal-educados que lhe lançavam provocações ousadas.

Eu corri até ela e lhe ofereci ajuda. Ela pareceu surpresa, sem dúvida porque não era assim que os adolescentes do bairro agiam. No entanto, desconfiava de que eu pudesse desaparecer com uma ou duas de suas sacolas e se virava para trás quase a cada dois passos. Para tranquilizá-la, avancei até onde ela estava e caminhamos lado a lado, dando a impressão àqueles que cruzavam conosco de que eu era seu boy.

Entramos em um vasto terreno com uma grande casa principal e um pequeno alojamento à parte. Dez moças, uma mais bonita do que a outra, vieram encontrá-la e pegaram as sacolas, que logo começaram a esvaziar.

— Não fritem muito o peixe, meninas. E depois não façam como da última vez, quando cozinharam além da conta as bananas-da-terra! Ficou horrível demais!

Depois, apontando para mim, disse às moças:

— Esse cavalheiro que estão vendo aqui me ajudou a trazer as compras, e não fui eu quem lhe pediu! É raro, não é?

Todas me mediram dos pés à cabeça. Eu estava de chinelos presos com arames, um colete puído e uma camisa de manga comprida furada nos cotovelos. Enquanto me perguntava se devia continuar lá em pé como um imbecil ou ir embora desse lugar em que me sentia, entretanto, em muito boa companhia, a mulher que eu acabara de ajudar me perguntou:

— Como você se chama, mesmo?

— Pimentinha... Ela se espantou:

— Isso não é nome! Você deve ter um nome de verdade como todo mundo, não?

Como eu não disse nada, ela suspirou:

— Não tem problema, vamos te chamar assim! Eu mesma me chamo Mamãe Fiat 500!

Pegou uma nota de dez mil francos CFA e me deu.

— Aqui está, Pimentinha, é para você, compre uma camisa e um colete porque com esse que está usando, meu Deus, parece que você mora em uma caverna!

As meninas morreram de rir, mas Mamãe Fiat 500 franziu as sobrancelhas:

— Ei, não quero essas risadinhas por aqui! Desde que moro nesta cidade, é a primeira vez que um menino do bairro Trois-Cents é tão gentil comigo.

Com uma voz tímida, balbuciei:

— Na verdade eu não sou do bairro Trois-Cents, estava só passando e...

— Está tudo explicado então! — me cortou ela. — Se você fosse daqui eu ficaria surpresa se carregasse as compras daquelas que todo mundo chama de quengas, porque as pessoas iam te olhar feio...

Depois, acariciando minha cabeça, acrescentou:

— Volte quando quiser, vai estar em casa aqui, não é mesmo, meninas?...

— Volte quando quiser, vai estar em casa aqui — repetiram as moças em coro, o que me fez logo pensar nas sessões de catecismo com Papai Moupelo, mas de novo afastei essas imagens e fui embora de lá sem me virar, sabendo que olhavam para mim.

Era a primeira vez na vida que eu me via sozinho com tantas mulheres...

À noite, na Costa Selvagem, ao redor da fogueira que crepitava e de uma carne duvidosa que cozinhava e que dessa vez eu não ia comer, contei aos gêmeos minha aventura no bairro Trois-Cents.

— Então está dizendo que uma quenga te deu dez mil francos CFA, é isso? — se espantou Songi-Songi.

— Normalmente são as pessoas que dão dinheiro para elas! — ironizou Tala-Tala. — Mostra essa nota para a gente!

Tirei a nota do bolso do meu colete, e Songi-Songi a arrancou de mim quase torcendo meus dedos:

— Faz duas semanas que você não contribui como os outros!

Eu achava que era exagero, pois essas duas semanas correspondiam ao período em que estiveram fora da Costa Selvagem. Assim que voltaram, não pararam de recolher as contribuições dos membros do bando. Abri mão dos meus dez mil francos CFA sem resistir...

A partir de então eu visitava todas as tardes Mamãe Fiat 500 e aquelas que ela chamava afetuosamente de suas "meninas".
Ficava horas e horas em seu terreno e me alegrava quando ela me mandava comprar bebida para seus clientes ou pílulas anticoncepcionais, camisinhas ou medicamentos para melhorar as dores da menstruação.

Um dia, enquanto nós dois comíamos em seu alojamento, sem que ela me perguntasse, revelei que, ao contrário do que as meninas e ela ainda pensavam, eu não era um daqueles adolescentes das ruas de Pointe-Noire e que tinha fugido do orfanato de Loango já fazia quase três anos. Revelei que meu verdadeiro nome era *Tokumisa Nzambe po Mose yamoyindo abotami namboka ya Bakoko*.

Ela quase engasgou com seu pedaço de mandioca:

— Quem foi o imbecil que teve a ideia de te dar um nome assim tão pretensioso?

Contei então sobre Papai Moupelo e sua dança dos pigmeus do Zaire. Sem me dar conta, demonstrava a dança enquanto contava como Papai Moupelo a executava. Mamãe Fiat 500 assentia com a cabeça e eu a via balançar também os ombros, então, me pegando desprevenido, ela se levantou, começou a mexer os quadris, ergueu bem alto os braços, soltou um grito do fundo da garganta e ficou imóvel como uma estátua, com olhos arregalados colados em mim! Não fiquei mais surpreso com sua agilidade pois me lembrei que ela era do Zaire como Papai Moupelo, sem dúvida da mesma etnia, e que era então normal que soubesse tão bem a dança dos pigmeus, que aliás executava melhor do que Papai Moupelo. Com ela tudo era questão de delicadeza e sugestão. Talvez porque fechasse os olhos, e durante esse tempo eu aproveitava para admirar esse corpo em movimento, esse traseiro formado perfeitamente e esse peito que parecia carregar duas grandes frutas maduras que qualquer pessoa teria desejado colher e dar uma dentada.

Eu lhe falava também sobre a Revolução Socialista Científica que tinha chegado ao orfanato e acelerado o fim de uma época. Ela ficou com o olhar triste quando evoquei Sabine Niangui, sua atenção muito materna e os cuidados que me destinava até seu sumiço. Do mesmo modo, a imagem de Vieux Koukouba sofrendo da infecção urinária a tocou. Minha voz aumentou de volume de repente, ficou mais séria por um tipo de desprezo quando me lembrei de Dieudonné Ngoulmoumako e de seus sobrinhos vigias de corredor.

Mamãe Fiat 500 olhava tão fixamente para mim que baixei pouco a pouco a voz, me encolhi e acabei por me calar. Algumas lágrimas escorriam pelas minhas bochechas. Ela as limpou com um pedaço de pano antes que começasse ela mesma a chorar.

Eu descobria uma verdadeira contadora de histórias que tomava seu tempo, modulava sua voz como para invocar minha emoção:

— Meu Pimentinha, todos os homens que me tiveram em

suas camas me falaram para ir morar com eles, que abandonariam suas mulheres, seus filhos. Eles me prometeram castelos, Mercedes, e sei lá mais o que, mas eu sei que o prazer nos faz dizer coisas das quais nos arrependemos anos mais tarde. Nisso os homens não vão mudar, eles são capazes de qualquer loucura quando estão em nossos braços. Posso te dizer que este corpo que está vendo agora foi visto e tocado tanto por catadores de lixo imundos quanto pelas mais altas personalidades de meu país, e até deste aqui. Esse comércio é minha vida, é o que sei fazer de melhor, meu pequeno, e foi o que me trouxe a este país. Quando não puder mais exercê-lo, vou arrumar minhas coisas, voltar tranquilamente para minha terra natal nos confins de minha vila de Bandundu, onde vou cultivar a terra observando o ciclo das estações. Não tive filhos, todos os meus sete irmãos foram embora do país, três deles moram em Bruxelas e se casaram com brancas, dois se viram em Angola no comércio de alimentos e os dois últimos erram pelos metrôs parisienses tocando música informalmente, segundo os rumores que chegam até mim pela boca dos turistas. Existe um tipo de muro entre nós, aos olhos deles eu não passo da vergonha da família. Não tenho mais notícias dessas pessoas há muito tempo, talvez porque me desejem mal por eu ter seguido o caminho traçado por minha mãe...

 Ela fez uma pausa, como para verificar se eu não estava chocado com suas revelações.

 — Era mesmo culpa da minha mãe? Só Deus pode julgar nossos atos, Pimentinha. Alguma vez procuramos saber o que há por trás de cada mulher que vende seus atributos, hein? Acham que é uma atividade que escolhemos como alguns escolhem se tornar cabeleireiro ou carpinteiro? Não se nasce puta, torna-se puta. Chega um dia em que nos olhamos no espelho, não há para onde ir, porque estamos em um beco sem saída. E depois damos o próximo passo, oferecemos nosso corpo com um sorriso vendedor a alguém que está passando na rua, porque é preciso atrair como em todo comércio. Precisamos nos convencer de que, ainda que depreciemos este corpo uma noite, vamos lavá-lo no dia seguinte para lhe devolver sua pureza. E o lavamos uma vez com água sanitária, o lavamos duas vezes com álcool, depois não o lavamos mais, assumimos daí por diante esses atos porque as águas da terra não poderão nunca proporcionar pureza a quem quer que seja. Se fosse o caso, com esses rios, riachos, mares e oceanos que correm por esta terra só existiriam aqui embaixo mulheres e homens puros e inocentes. Tudo o que fiz foi seguir o destino que Deus quis me dar, ainda que só vejam em mim a cafetina que comanda essas meninas trazidas de seu país. Eu sou a erva daninha, mas também faço a alegria de vários homens neste bairro, e isso já é alguma coisa. Desde a infância, como meu pai abandonara o lar, minha mãe me preparava para essa atividade, a qual ela também exercera até o fim de seus dias. Foi graças a esse comércio que eu meus sete irmãos tínhamos um teto para chamar de nosso. Enquanto as meninas de nosso vilarejo se divertiam com bonecas, minha mãe me explicava o que poderia segurar um homem: a cozinha e o sexo, dizia ela, pois todo o resto é ilusão, inclusive a beleza. Uma mulher bonita que cozinha mal e que boceja na cama vai ser substituída por uma feia que sabe preparar um prato de saka-saka[2] e que manda os amantes para lá do sétimo céu ...

---

[2] Prato típico da África Central e Ocidental feito com folhas de mandioca maceradas. [N.T.]

Com o passar do tempo soube que Mamãe Fiat 500, Maya Lokito era seu nome verdadeiro, era chamada assim porque na época em que trabalhava no Zaire tinha um carro pequeno, e era de fato um Fiat 500 branco. Ela se orgulhava de seu carro, um dos raros modelos produzidos nos anos 1950, em voga até meados dos anos 1970 e concebido por um italiano, um tal de Dante Giacosa, especificou ela. Tinha sido um presente de um de seus clientes mais ilustres, um opositor do regime do presidente do Zaire. Esse opositor, Wabongo-Wabongo III, morava em Bruxelas e era louco por ela a ponto de visitá-la quatro vezes por noite quando estava de passagem por nossa capital, Brazzaville, e bastava atravessar o rio Congo escondido para encontrar Mamãe Fiat 500 em Kinshasa.

Mesmo no nosso país o opositor Wabongo-Wabongo III devia se esconder, porque o nosso presidente e o presidente zairense trocavam, de tempos em tempos, de opositor.

Na primeira noite em que o presidente zairense pensou ter visto Wabongo-Wabongo III na casa de Mamãe Fiat 500, não acreditou no que viu. Perguntou a seus quatro homens de confiança enfiados com ele em um carro à paisana:

— Vocês viram o que eu vi, hein? Esse sujeito que saiu pela

porta dos fundos, ali, do outro lado, vocês viram? Esse sujeito não é Wabongo-Wabongo III, o imbecil do opositor que fica falando besteiras sobre mim pela Europa?

Os guarda-costas responderam calmamente:

— Não, senhor presidente, Wabongo-Wabongo III mora em Bruxelas e está proibido de entrar neste país há dezessete anos, nós estamos com o seu decreto presidencial no porta-luvas.

Ele deu uma olhada no decreto, reconheceu sua assinatura:

— De fato, é minha assinatura... Mas, ainda assim, vocês têm certeza de que não foi ele que acabei de ver?

— Certeza absoluta, senhor presidente! Wabongo-Wabongo III, esse filho da puta, parece que está doente em Bruxelas e não tem nem como arcar com o hospital, disseram que ele gostaria de solicitar sua bondade para honrar suas contas, que só acumulam! Ah! Ah! Ah!

— Ah, sim, é isso, eu tinha escutado essa história, olha só eu imaginando coisas! Esse idiota não terá nada de mim, só lhe resta morrer lá na Europa! Prefiro pagar seu funeral, custará menos ao Estado.

Os guarda-costas morreram de rir, louvando o senso de humor que, segundo eles, o presidente sempre demonstrava. Anotavam, aliás, o que chamavam de "pepitas de humor do presidente".

Mas, depois de um tempo, o presidente parou de rir e voltou ao assunto, como se estivesse de repente com uma pulga atrás da orelha:

— Esperem, esperem, esperem, ah, não, ah, não, tem alguma coisa errada nessa história aí... Vocês estão dizendo que não é Wabongo-Wabongo III que acabei de ver aqui, é? Tudo bem, mas tem um homem que escapou lá do outro lado, e se não é Wabongo-Wabongo III, esse merda de opositor de uma figa, digam-me então quem é esse fugitivo, hein? É para isso que pago vocês, não?

Um dos homens, o mais baixo, que sempre tinha resposta para tudo, tentou acalmar o presidente:

— Senhor presidente, permita-me apenas salientar que existem muitas moças nesse terreno...

— E então?

— É o comércio delas.

— E então?

— Como tem muitas moças, tem também muitos sujeitos que chegam, que vão embora, que saem pela porta dos fundos por uma questão de discrição, e todos os dias é assim...

— Sim, mas só tem uma Maya Lokito lá dentro! E depois, você está me irritando, tem sempre resposta para tudo! É por isso que é baixo assim, merda!

— Peço desculpas, senhor presidente...

— Então você acha que é seu diploma de Ciências Políticas que vai me impressionar, é?

— Nem um pouco, senhor presidente...

— Será que você sabe que eu estive na Indochina com o honorável presidente togolês Gnassingbé Eyadema?

— É claro, senhor presidente...

— Será que você sabe que existem pessoas que estudam o meu lugar na história das ideias políticas deste mundo, hein?

— Certo, senhor presidente...

— E depois, estou cansado dos baixinhos, amanhã você está demitido e devolverá à presidência sua Mercedes preta e sua villa! Ache um homem alto para mim, e de preferência sem diploma de

Ciências Políticas, merda! E não é uma coisa de outro mundo o que estou pedindo aqui e agora: quero saber quem é esse sujeito que acabou de sair da casa de Maya Lokito, está claro?

Como o homem baixo que tinha resposta para tudo, com lágrimas aos olhos, se calara, o mais alto dos quatro arriscou, por sua vez:

— Senhor presidente, eu não tenho diploma de Ciências Políticas, além disso sou alto, meço um metro e noventa e três... Com a vossa permissão gostaria simplesmente de lembrá-lo que Maya Lokito é a cafetina dessas moças, e ela é sua, apenas sua, senhor presidente. Ela só faz aquele negócio com o senhor, ninguém mais a toca. Mas ela tem de comer, tem de se alimentar como está escrito na Constituição que o senhor mesmo redigiu com sabedoria e sagacidade, e cito, se me permite, o sublime artigo 15 da nossa Lei suprema: "As cidadãs e cidadãos devem se virar para viver e não esperar a ajuda do Pai fundador da Nação...".

O presidente estremeceu:

— Está muito mal escrito! Tem certeza de que isso está na minha Constituição?

— Está na sua Constituição, senhor presidente. Além do artigo 17 modificado por...

— Está bem, está bem, me poupe da sua opinião de sem diploma! Você se candidatou a todos os cursos da França, não entrou em nenhum e ousa abrir a boca para falar da modificação da minha Lei Suprema, hein? Por acaso acha que pedi sua opinião?

— Não, senhor presidente...

— Então só abra a boca quando for dizer algo mais bonito do que o silêncio, merda! Conheço minha lei, já que a lei é minha e que eu sou a lei!

— Absolutamente, senhor presidente...

— De volta ao que importa: quem é esse sujeito que vi saindo da casa de Maya Lokito se não é Wabongo-Wabongo III? Você tem noção de que ele passa o tempo me criticando mancomunado com os brancos que invejam nossos diamantes, e ele ousa aparecer aqui?

Outro guarda-costas assumiu então timidamente o comando:

— Senhor presidente, se me permite...

— Quanto você aí mede?

— Um metro e sessenta e três, mas chego a um metro sessenta e sete quando uso sapatos com salto vendidos pelos marroquinos e pelos sírios no centro da cidade...

— O que você tem a dizer sobre esse homem que escapuliu com a nossa chegada?

— Na verdade Maya Lokito tem uma pequena empresa com essas moças...

— E?

— O que quero dizer é que tem também clientes que vêm ver essas outras moças...

— E? Continuo sem entender a relação!

— Esses clientes são obrigados a passar pela sala privada de Maya Lokito...

— E por quê?

— Para pagar a visita, eles não pagam diretamente às moças...

— Espere, espere, espere um pouco... Você até que não é tão burro, você é o melhor!

— Obrigado, senhor presidente...

— Então quer dizer que esse sujeito que saiu é um cliente que veio ver outra moça, não minha Maya Lokito?

— Exato, senhor presidente...
— Aí tudo muda, de fato!
— Senhor presidente, devemos antes de tudo ser discretos e não nos demorarmos aqui, ainda que estejamos em um carro à paisana é preciso ir embora, ou que o senhor vá visitar sua Maya Lokito...
— É verdade... Mas e você, como é que nunca reparei que você era assim tão talentoso, hein?
— É porque meus outros colegas são mais altos do que eu, e é difícil de me ver, sobretudo porque ando sempre atrás deles...
— Então por que estava me escondendo sua inteligência e deixando esses outros imbecis falarem com essa boca podre deles, hein?
— Eles são meus chefes, senhor presidente...
— Bom, a partir deste instante é você o chefe deles!
— Obrigado, senhor presidente...
— Preciso ir embora.
— Fique à vontade, senhor presidente, nós asseguramos a cobertura de sempre...

Alguns dias mais tarde, quando o presidente voltou ao recinto com os mesmos guarda-costas, reviveu a mesma cena. Tratava-se mesmo de Wabongo-Wabongo III, que tinha conseguido voltar ao país vizinho passando por Angola e por Cabinda. Os quatro homens foram primeiro demitidos por atentado à segurança do Estado, depois liquidados sem julgamento.

Quatro novos brutamontes acompanhavam a partir daquele momento o presidente até a casa de Maya Lokito, tendo a missão complementar de preparar uma armadilha para Wabongo-

Wabongo III, que fora pego na véspera da entrega de um Fiat 500 que o opositor daria de presente à Maya Lokito, que iria a partir de então ser chamada de "Mamãe Fiat 500"... Bem quando Wabongo-Wabongo III estava saindo do barracão de Mamãe Fiat 500, dois guarda-costas o pegaram, imobilizaram e o fizeram engolir uma cicuta.

— Pelo menos ele teve uma morte de filósofo — arriscou dizer um dos guarda-costas.

A informação que circulou no país vizinho e que chegou até nós dizia que Wabongo-Wabongo III morrera em decorrência de uma longa enfermidade em um hospital de Bruxelas. O presidente vitalício, em sua bondade infinita, acrescentava ao comunicado oficial que arcaria com as despesas do funeral e alçaria esse digno filho do país à categoria de herói da Revolução...

*

Depois de nossas confissões recíprocas, Mamãe Fiat 500 me serviu um prato de folhas de mandioca com banana amassada, uma especialidade de seu Zaire natal. Era esse prato, brincava ela, que estava na origem dos divórcios em nosso país, já que só as zairenses sabiam prepará-lo e assim que os casados o provavam largavam suas mulheres por uma "zairense verdadeira", diz ela com um grande sorriso.

Foi nesse dia que dormi pela primeira vez na sala de seu alojamento e, no dia seguinte, voltando para a Costa Selvagem, os gêmeos estavam de cara fechada. Eles me colocaram na linha, mas depois de um tempo Tala-Tala caiu em si:

— Na verdade é até bom que você fique mais por lá, isso vai facilitar as coisas!

Eles me explicaram que vivendo com Mamãe Fiat 500 eu seria o espião deles, o vigia, e poderia fornecer as chaves das casas dos burgueses carecas e barrigudos do bairro de Batignolles, lá onde havia eletricidade e água potável sobrando. Eu também podia obter informações preciosas ao ouvir atrás da porta quando esses ricos colocassem os pés na casa de Mamãe Fiat 500. De fato, eu ouvia esses afortunados rindo após algumas taças de vinho tinto da Sovinco e se gabando de que tinham estado em Paris, Roma ou Moscou. Acrescentavam que tinham várias casas nas grandes cidades do país, que iam comprar um veleiro para irem para o mar aos fins de semana, que a casa deles em Pointe-Noire era a mais bonita de Batignolles, onde tinham como vizinhos europeus ou parentes próximos do presidente da República.

Diante da pressão dos gêmeos, eu entrava de fininho no alojamento de Mamãe Fiat 500, onde subtraía as chaves de seus clientes e ia fazer cópias dois quarteirões para baixo, no chaveiro Pata Koumi. Ele me olhava feio, hesitando por um instante, como se farejasse o golpe que eu preparava. Mas eu tinha um argumento que costumava funcionar: lhe dizia que era Mamãe Fiat 500 que tinha me mandado, e ele se punha a trabalhar imediatamente, o que me indicava a influência dessa mulher no bairro e a confiança que tinham nela. Eu pagava o chaveiro com as gorjetas que os mesmos clientes me haviam deixado dois ou três dias antes, e no dia seguinte voltava à Costa Selvagem e entregava as chaves aos gêmeos, que só precisavam organizar as coisas.

Os dois irmãos pediam que Massassi Kalkilé e Lokouta Elekayo fizessem o reconhecimento do terreno, e isso podia levar semanas, durante as quais esses meninos brincavam de gato e rato com os proprietários dessas casas suntuosas. Os gêmeos exigiam que eles desenhassem essas residências, e como Massassi Kalkilé e Lokouta Elekayo não eram exatamente bons desenhistas, Songi-Songi se irritava:

— Isso aqui que você desenhou no papel é uma casa? Onde estão as portas e janelas, hein?

Os gêmeos lhes deram, então, uma máquina fotográfica Polaroid que haviam roubado do supermercado Le Printania e lhes explicaram como funcionava tirando algumas fotos de nós.

— Não sorriam, é só para testar, não é uma foto de verdade! — nos avisavam eles.

Dávamos um jeito de ficar com cara de pedra, convencidos de que isso nos dava um ar de bandidos de verdade...

Diferente dos gêmeos e dos outros meninos da Costa Selvagem, eu podia me gabar de ter, enfim, uma mãe adotiva e um teto fixo que me afastava pouco a pouco daquela vida errante. Mas, como se eu fosse um pouco amaldiçoado ou insistisse em manter um pedaço de minha vida passada, continuava me reunindo com meus cúmplices durante as horas em que Mamãe Fiat 500 estava ocupada bajulando seus clientes importantes. E como ela fazia isso todos os dias, eu podia me reunir com o bando e entregar a Songi-Songi e Tala-Tala uma parte das gorjetas que recebia na casa de Mamãe Fiat 500.

Nesse bando, cada um de nós tinha, de fato, a obrigação de contribuir com o caixa comum que os gêmeos mantinham. Foi esse, talvez, o começo de nossos primeiros problemas, já que eu tinha a sensação de que era o que mais oferecia à comunidade e não recebia nada em troca. O que os gêmeos faziam com essa chuva de dinheiro? Eles nos explicavam que servia para ajudar qualquer um de nós em caso de contratempo. Quais contratempos? Por exemplo, uma internação, um acidente, um funeral etc. Eu achava suspeito que, de repente, os gêmeos tivessem ficado tão preocupados com a humanidade. Agora entendia por que eles "trabalhavam" cada vez menos e tinham, em alguma medida, se aburguesado. Por que eles se matariam de trabalhar se havia gente fazendo o trabalho sujo para eles?

Minhas suspeitas tinham fundamento, pois os gêmeos desapareceram com o caixa, fazendo o grupo se separar, cada um voltando a ter liberdade para agir individualmente ou para se tornar um adolescente comum...

Mas eu tinha raiva de Songi-Songi e Tala-Tala.
Considerava que tinham me roubado e que deviam devolver meu dinheiro. Procurei os dois por toda Pointe-Noire, com uma navalha escondida no bolso traseiro de meu colete. Durante mais de um mês passei um pente-fino no Mercadão e na Costa Selvagem e questionei alguns membros de outros bandos. Ninguém os vira nos arredores. Mas eu sentia que acabaria cruzando com eles, que conseguiria encurralar os dois mais cedo ou mais tarde e exigir que me reembolsassem imediatamente. Eu me culpava por não ter duvidado da trapaça deles e por ter enganado Mamãe Fiat 500 ao roubar as chaves de seus clientes para entregá-las a indivíduos que não valiam nada. Mas será que eu podia resistir ao carisma deles, que fazia com que assim que nos víssemos diante deles baixássemos os olhos e cumpríssemos suas ordens?

Eu tinha dezesseis anos e morava agora com Mamãe Fiat 500. Se o bom Deus tivesse desejado, eu também teria conhecido a Cleópatra que arrebatou o coração de Júlio César e de Marco Antônio, a sulfurosa Messalina que, ao que parece, se prostituía diante de todos nas ruas de Roma e transformara um canto do palácio real mais do que em um prostíbulo, um lugar de orgias que não deixava nada a desejar ao reino de nossa Mamãe Fiat 500. Mas o bom Deus não quis que eu conhecesse os amores dessas ilustres damas. As meninas que trabalhavam para Mamãe Fiat 500 conversavam comigo, se abriam comigo mais do que com seus clientes.

Eu me lembro delas com os apelidos que Mamãe Fiat 500 tinha lhes dado: Féfé Massika "Traseiro Garantido", Lucie Lembé "Fogo de Vulcão", Kimpa Lokwa "Toque Mágico", Georgette Loubondo "Nutella das Cinco da Manhã", Jeanne Lolobo "Biscoito Frágil", Léonora Dikamona "Abertura Imediata", Colette Wawa "Vênus de Milo", Kathy Mobebisi "Furacão da Meia-Noite", Pierrette Songa "Décimo Primeiro Mandamento" e Mado Poati "Tamanho Espaguete". Foi esta última que me apresentou meu primeiro ato sexual, que não contarei aqui porque foi uma catástrofe: eu estava ao mesmo tempo tão angustiado e estressado que assim que ela me tocou lá embaixo senti que tudo desmoronava ao meu redor, que meu corpo derretia e que de repente alguma coisa ia sair de meu sexo. O pior foi que depois ela tirou sarro de mim e contou a Jeanne Lolobo "Biscoito Frágil" e a Léonora Dikamona "Abertura Imediata" que eu não conseguia esperar, que assim que ela me tocou eu já "terminei"...

Sim, elas tinham a pele envelhecida, usavam perucas loiras ou ruivas — às vezes verdes ou roxas —, é verdade, mas mesmo assim seus clientes ficavam felizes e, como dizia a própria Mamãe Fiat 500, esses homens estavam convencidos de que beijavam as rainhas do Crazy Horse ou do Moulin Rouge em Paris e viam passarinhos verdes por todo lado. E então eles despejavam as imundices de suas relações conjugais em frangalhos sobre essas rainhas, choramingavam a seus pés quando a vida deles não ia mais de vento em popa. E eu era todo ouvidos, porque elas adoravam falar comigo, o Pimentinha. E eu observava tudo isso de longe, fascinado pelos beijos que essas mulheres que se entregavam ao menos vinte vezes por dia davam nos bons pais de família cujas motos ficavam alinhadas em uma ruazinha, ou melhor, em uma passagem sinuosa que levava em direção ao rio Tchinouka. Era o jeito deles de serem discretos, e costumava acontecer que suas esposas viessem furar os pneus de suas Yamaha, de suas Suzuki ou jogar açúcar dentro do tanque do carro deles. Eu ria como um louco no meu canto, na varanda de Mamãe Fiat 500.

Eu me lembro dessas meninas, de cada uma delas, com seus panos multicoloridos, a maquiagem copiada de uma revista de moda, as unhas postiças, o batom de cor forte e brilhante que desenhava um beijo indelével na lapela dos casacos e nos colarinhos das camisas dos clientes assíduos, seus falsos olhos azuis ou verdes que ficavam vermelhos no fim do dia, seus sapatos de madame com salto alto rudimentar que lhes impunha um andar de rinoceronte que fugia do caçador, a bolsa na qual preservativos e calcinhas fio dental eram guardados ao lado de perfumes Mananas ou Joli Soir e um pente tradicional.

Eu me lembro de suas confusões, quatro ou cinco caras que chegavam ao mesmo tempo, cada um querendo passar na frente porque estava usando um terno de fio mohair ou de lã de alpaca vindo da França ou da Itália, e era uma catástrofe. Mamãe Fiat 500 ficava louca, corria de um lado para o outro para apagar os incêndios, propor em vão a cada um dos beligerantes uma outra menina, mas todo mundo queria Fernande Massika "Traseiro Garantido".

Eu me lembro delas quando se entregavam a um homem em quem tinham confiado e que lhes havia prometido voltar no dia seguinte ao amanhecer — era o famoso "lobo em pele de cordeiro", como dizia Mamãe Fiat 500. E o sacana não voltava, passava por outras ruas, contornava o bairro até o dia em que, tocado de casa pela esposa depois de uma briga fútil, no calor do momento retornava, com o rabo entre as pernas, os olhos baixos, repreendendo de repente sua mulher por ter feito o que estava na cara. E quando as meninas voltaram a vê-lo nos arredores elas saíam da casa, todas com as garras de fora, formavam um exército de harpias, o expulsavam, lhe rogavam pragas antes de lhe jogarem na cara uma água que eu preparara, cheia de pimenta, e de lembrarem a ele que o lugar de lobo da laia dele era no mato e não no bairro Trois-Cents...

*

Todo dia eu assistia às mesmas cenas: clientes cautelosos — em geral homens casados — entravam pela porta dos fundos, e os mais importantes eram recebidos no apartamento de Mamãe Fiat 500. Eu observava a atitude deles, sobretudo dos que, notando pela primeira vez minha presença no terreno, fingiam ter se enganado, diziam estar procurando o bistrô Les Anges noirs ont un petit sexe, que ficava, no entanto, logo em frente e que era impossível de não ver. E Mamãe Fiat 500 saía de seu alojamento — ela espiava frequentemente o que acontecia na avenida da Independência —, pegava esses perdidos pela mão e cochichava:

— Não, os senhores não se enganaram, estão no lugar certo, e não será no bistrô em frente que vão passar momentos agradáveis!

E em seguida dava um sinal para as meninas, que os acompanhavam ao meio do pátio, os acomodavam na varanda e lhes serviam cervejas St. Pauli.

Alguns desses clientes, ainda indecisos, murmuravam:

— Na verdade, vou lhe explicar, eu estava passando por acaso, vi uma luz e pensei: "Olha só, aqui tem luz, sendo que teve um apagão no bairro todo". E depois, se você entende o que quero dizer, acabei vindo sem pensar nem um segundo. Bom, acho que vou indo nessa...

Novamente Mamãe Fiat 500 os tranquilizava:

— Os senhores estão em casa aqui, não há nada de errado em se dar um agrado...

Depois, lançava para mim:

— Pimentinha, vá buscar umas St. Pauli ali em frente para esses senhores gentis...

Eu gostava de ficar na entrada do terreno, com Likofi Yangombé, um vigia com uma carreira fracassada de boxeador no Zaire. Ele distribuía socos aos indesejáveis que tentavam espiar entre as brechas do tapume que rodeava a casa o que estava acontecendo no pátio. Assim que botava os olhos em mim, se via obrigado a me contar sobre seu período de glória, e principalmente sobre os pequenos detalhes que precediam um combate:

— Você não imagina a angústia antes de um combate! A gente não pensa em nada além da combinação de golpes que aprendeu no treino. Esquerda, direita, esquerda de novo, direita de novo. E depois tem as pernas. Eu sei do que estou falando, meu pequeno. Não se ganha uma luta de boxe com as mãos, mas com as pernas! Elas têm que estar leves, te fazer voar, te carregar e seguir o ritmo dos braços. A gente ensaia tudo isso uma última vez nos vestiários, e então é preciso seguir, colocar um roupão com suas iniciais na frente e seu sobrenome escrito inteiro atrás. A gente saltita cada vez mais, continua aquecendo. Em alguns minutos, com as mãos enfaixadas cuidadosamente e depois protegidas pelas luvas Everlast, temos que percorrer um corredor interminável ao lado da nossa equipe. A gente vai ver, por fim, primeiro de longe, o ringue que nos espera, é um espacinho pequeno, elevado e rodeado de cordas. E depois vem o clamor, a sala mergulhada na escuridão. É aí que o confronto vai acontecer, na frente dessa multidão entusiasmada que te idolatra ou que te atormenta...

*

De manhã cada uma das meninas se posicionava diante do quarto que Mamãe Fiat 500 lhe designara e esperava que eu servisse o café da manhã. Isso não me incomodava, já que tinha certeza de que comeria com elas, e se eu tivesse dado ouvidos à minha gula, teria comido dez vezes por dia, pois as meninas me davam cada vez mais carinho, e para mim era uma recompensa acompanhá-las ao mercado ou então ao centro hospitalar do bairro Mouyondzi, onde Mamãe Fiat 500 as mandava todos os meses para consultas médicas intensivas.

De noite elas estavam mais agressivas e ficavam paradas na entrada do terreno, protegidas dessa vez por três primos de Likofi Yangombé, enquanto este fingia estar tomando uma ali na frente, no Anges noirs ont un petit sexe, e intervinha assim que algum engraçadinho incomodasse as meninas...

Foi na véspera de meus dezenove anos que Mamãe Fiat 500 conseguiu para mim um trabalho de estivador no porto graças a um de seus clientes mais regulares, Rigobert Moutou. Três vezes por semana esse chefe da equipe da CMPN, a Companhia Marítima de Pointe-Noire, estacionava a mobilete no terreno de minha "mãe" e me dava uma nota de mil francos CFA para que eu vigiasse sua máquina. Em seguida, ia com Mamãe Fiat 500 para um alojamento um pouco afastado da casa principal, onde moravam e trabalhavam as meninas.

Um dia, saindo do alojamento da Mamãe Fiat 500, Rigobert Moutou me disse:

— Amanhã vá ao porto, você vai ter a partir de agora um salário e assim não vou precisar te dar mil francos CFA toda vez que venho aqui.

Eu sabia que Mamãe Fiat 500 estava por trás dessa história. Que ela se preocupava com o meu futuro, que não aguentava mais me ver perambulando em seu pátio há anos, indo de seu alojamento para a casa principal, onde eu às vezes separava três ou quatro meninas que estavam quase saindo na mão. Sem dúvida ela não suportava mais que eu fosse esse garoto faz-tudo que ficava esperando uma ordem dela para ir comprar cervejas em um dos bares da esquina quando os clientes chegavam. Agora eu iria trabalhar, me afastaria pouco a pouco dela, e era o que ela queria, pois um mês depois de minha contratação me deu as chaves de uma pequena moradia que ela acabara de adquirir perto do rio Tchinouka. Era, na verdade, um pequeno lote com uma cabana de madeira. O desejo dela era construir uma grande casa, e essa cabana estava lá para lutar contra os vigaristas que tinham a mania de vender os lotes vazios da cidade como se pertencessem a deles.

Eu passava a ser, então, aquele que tomaria conta dessa propriedade, mas também conquistaria minha autonomia, ainda que tivesse de passar pelo bairro Trois-Cents regularmente, dar um oi para Mamãe Fiat 500, cumprimentar as meninas, verificar se não tinha nenhum sujeito querendo prejudicar minha pequena família adotiva...

*

Eu era um trabalhador exemplar. Pelo menos era o que diziam meus colegas, senão por que teriam me mantido durante dez anos, até que meu estado de saúde colocasse tudo a perder? Eu teria sido, sem dúvida, o chefe dos estivadores, e por que não um dos maiores responsáveis desse porto.

Eu me levantava bem cedo e esperava o caminhão da CMPN no ponto de ônibus da avenida da Independência, em frente ao Foto-Estúdio Vicky. O veículo parava a cada cruzamento, outros estivadores subiam e viajávamos em silêncio. O caminhão nos despejava como sardinhas na beira do acostamento, na entrada do porto, e caminhávamos até um bloqueio onde homens de uniforme verificavam nossa identidade, confiscavam nossas bolsas e depois enfim nos deixavam passar. Começava o difícil dia — o descarregamento de contêineres sob a supervisão dos contramestres, já que éramos acusados de roubar objetos vindos do exterior para revendê-los à noite pelos bairros. De minha parte, eu roubava cadernos espiral e canetas esferográficas.

Meus colegas ficavam chocados diante de meus furtos:

— Você quer voltar para a escola ou o quê? Se é para ser pego com mercadoria, que seja pelo menos com coisas de valor!

O infeliz que fosse pego com a boca na botija era conduzido ao escritório principal da alfândega, uma sala minúscula que cheirava a xixi de gato e onde ratos gordos como mamões andavam de um lado para o outro, cientes de que nunca seriam perseguidos porque faziam parte da decoração ou porque muitos na cidade achavam que matar um animal equivalia a atacar um ancestral, a atrair a ira dos espíritos que supostamente devem proteger os vivos, preparar a chegada deles ao outro mundo em boas condições. Os ratos tinham, então, entendido isso, e era o que explicava a lerdeza de seus movimentos quando não paravam para se certificar se algum despreocupado ousaria levantar a mão para eles.

Era nesse escritório que despiam os ladrões antes de puni-los com arames farpados e de estabelecerem para eles uma multa de indenização da qual se viam devedores para o resto da vida. Temíamos nos ver cara a cara com esses torturadores impassíveis que açoitavam até que saísse sangue, e quanto mais se gritava, mais os golpes se multiplicavam. Era um tipo de julgamento sumário e sem direito a recurso: tinham ouvido dizer que você roubara, nenhuma investigação seria aberta, mas você seria punido e demitido. Eu vi pais de família pedindo perdão de joelhos, chorando e mijando nas calças sem que isso comovesse o torturador.

À uma da tarde nos concediam, por fim, um intervalo para beliscarmos alguma coisa. Os contramestres, junto aos torturadores, não largavam do nosso pé. Temiam os conluios, as transações e, por isso, eram hostis a essas refeições entre colegas. Colocavam junto de cada mesa um capataz de musculatura de halterofilista que mastigava um grande pedaço de mandioca, o olhar imóvel, à espreita do menor cochicho.

Só saíamos do porto à noite, depois de passarmos por revistas intermináveis, durante as quais cada operário ficava pelado tal qual Adão, com as mãos para cima, em uma cabine que apelidamos de "Casa Filtro". Quando saíamos, tínhamos a sensação de ter passado com êxito em um concurso.

Eu estava acima de qualquer suspeita: era com um velho agente aduaneiro como cúmplice que eu surrupiava os cadernos espiral e as canetas. As pessoas o chamavam de Papai Madesso Ya Bana. Para escapar da inspeção, ele levava os cadernos e as canetas à noite para minha cabana. Eu lhe dava uma nota de dez mil francos CFA, ele se queixava de ter de sustentar nove crianças, três mulheres, três amantes oficiais e um monte de sobrinhos cujos nomes ele mal se lembrava, pois os confundia toda vez com seus próprios rebentos.

Os caminhos do Senhor são inescrutáveis, teria dito Papai Moupelo. Enquanto eu parecia levar uma vida normal entre meu trabalhinho no porto e minhas visitas regulares a Mamãe Fiat 500, uma operação chamada "Pointe-Noire sem putas do Zaire" foi lançada com grande estardalhaço pelo mesmo prefeito François Makélé que, alguns anos antes, já nos tinha expulsado para a Costa Selvagem com sua famosa operação "mosquitos do Mercadão". Parecia que ele estava o tempo todo em campanha. Certamente não era para a prefeitura que se candidatava dessa vez, mas para a presidência do Conselho Regional do Kouilou. Os truques continuavam os mesmos: escolher um grupo para combater e fazer uma campanha com estardalhaço, de preferência com uma intervenção de peso na ordem pública e a presença de câmeras. Os "mosquitos" não existiam mais no Mercadão, que agora havia crescido tanto que chegava até o bairro Rex. Assim, lançar uma operação contra os novos "mosquitos" seria como expulsar todos os moleques de Pointe-Noire da cidade que era deles. Então, a operação "Pointe-Noire sem putas do Zaire" era mais apropriada, porque não dizia respeito às putas congolesas e, além disso, o prefeito podia matar dois coelhos com uma cajadada só: erradicar a prostituição zairense da cidade e lutar em paralelo contra a imigração clandestina, pois muitas dessas mulheres tinham chegado a Pointe-Noire passando por Angola ou por Cabinda graças aos que organizavam as travessias e lhes haviam vendido carteiras de identidade congolesas...

Na cidade não se falava portanto de outra coisa que não fosse essa caça às bruxas contra as mulheres da vida do Zaire, e muitos se perguntavam em que condições desumanas ela estava sendo orquestrada, ainda que boa parte da população aplaudisse a iniciativa. Como explicar que as escavadoras cedidas pelas empresas de construção civil eram usadas para derrubar a maior parte dos bordéis de Pointe-Noire, enquanto militares desciam o cassetete nas pobres mulheres e as colocavam em jipes rumo à delegacia do trevo Lumumba para averiguar o status de seus documentos de permanência? Os interrogatórios pelos quais elas passavam eram só fachada, pois no fim, qualquer que fosse sua situação, eram sempre agredidas, às vezes violadas por todo um grupo de policiais...

Qual não foi minha surpresa no dia em que apareci diante do terreno de Mamãe Fiat 500 e encontrei o lugar em ruínas, como se uma bomba tivesse mandado tudo para os ares durante uma guerra contra os americanos! Achei que estava tendo uma alucinação, e essa sensação piorou com um tipo de apagão que tomou meus pensamentos. O choque foi tão intenso que fiquei lá, diante da devastação, mais de uma hora, me perguntando o que teria acontecido com Mamãe Fiat 500 e suas dez meninas.

Recuperando, enfim, a razão, fui para o centro da cidade, onde trabalhavam principalmente as angolanas e as camaronenses.

Não vi em canto algum Mamãe Fiat 500 e suas meninas. Peguei o ônibus de volta para minha cabana, que considerava agora o único laço que me restava com essa pequena família que estava certamente na estrada rumo ao Zaire. Eu andava em círculos nesse pequeno lote. Não sabia mais o que fazer e perdia até a noção do tempo, e foi sem dúvida a partir desse momento que comecei a sentir abismos enormes na cabeça, a escutar grupos de pessoas correndo lá dentro, ecos de vozes que vinham de casas vazias, vozes parecidas com as de Bonaventure, de Papai Moupelo, de Sabine Niangui, dos gêmeos, mas sobretudo das de Mamãe Fiat 500 e de suas dez meninas. Depois, mais nada. Não me lembrava de mais nada, nem mesmo de quem eu era.

Como eu não ia mais ao trabalho fazia semanas, vários de meus colegas vieram bater na minha porta com insistência para me fazer recobrar a razão. Tomado pelo pânico, eu lhes jogava água com pimenta na cara. Não os reconhecia mais e achava que eram anões de jardim que pisoteavam meus pobres pezinhos de espinafre, sendo que a única coisa que me restava agora era justamente cultivar meu jardim em um canto do terreno de Mamãe Fiat 500. Eu podia tolerar qualquer coisa, menos que viessem acabar com meus pobres pezinhos de espinafre que eu regava cheio de felicidade.

Pulava da cama bem cedo, como se fosse para o trabalho. Eu me assegurava de que não havia anões de jardim vindos de um dos caminhões da Companhia Marítima, pegava uma picareta, uma enxada, uma pá, um rastelo e um regador que eu enchia de água do rio Tchinouka. Então, trabalhava a terra, espalhava as sementes assobiando. Às vezes ficava o dia todo sentado no meio da minha horta, na esperança de surpreender meus espinafres crescendo. Na verdade, temia que nascessem sem eu saber, e que eu fosse ficar que nem idiota diante de meu vizinho Kolo Loupangou, um velho que se achava um jardineiro experiente por tirar sua técnica e seus segredos de livros acadêmicos voltados a essa atividade.

Kolo Loupangou teimava em plantar apenas alfaces e me perguntava:
— Seus espinafres estão nascendo?
Eu respondia:
— Sim, estão nascendo.
— Se seus espinafres estão nascendo, será que minhas alfaces vão nascer?
— Não, suas alfaces não vão nascer!

Eu falava isso para me livrar dele, para que não ficasse parado na frente dos meus espinafres me desconcentrando, me levando a cair na armadilha de seu raciocínio, me falando de seus livros velhos. Um desses livros se chamava *A teoria e a prática da jardinagem*, publicado por um tal Dezallier d'Argenville no século XVIII, especificava Kolo Loupangou. E acrescentava que esse Dezallier d'Argenville era um grande amante de jardins, ainda que fosse advogado de profissão.

Em sua defesa, devo admitir que foi graças a ele que eu transferi meu jardim de um lado para o outro do terreno.

Na verdade, Kolo Loupangou viera ver como eu estava trabalhando e exclamara:
— Está perdendo tempo, Pimentinha, seu jardim está no lugar errado, está faltando uma coisa muito importante para ele florescer!...
— Ah, é? E o que é?...
— Em *Casa rústica*, a condessa de Genlis, quero dizer Stéphanie Félicité Ducrest de Saint-Albin, especifica que a horta deve estar perto da casa e perto de estrume. Então você precisa de estrume!

E ele me ajudou nessa empreitada. Fiquei chocado ao

constatar que ele enfiava merda de vaca e todo tipo de coisa repugnante na minha terra.

— Na verdade, quanto mais feder, melhor é para o estrume — me assegurava ele.

O livro do qual ele mais tinha orgulho fora publicado por Olivier de Serres no século XVII com um título quilométrico: *Teatro da agricultura e manejo dos campos... Onde vemos com clareza e precisão a arte de usar e cultivar corretamente a terra, em tudo o que lhe diz respeito, seguindo suas diferentes qualidades e climas diversos, tanto a partir da doutrina antiga quando por experiência.*

— Esse livro é minha bíblia...

Então, mergulhava na leitura dessa obra durante metade de um dia e ria a plenos pulmões. A jardinagem era, segundo ele, uma arte que eu não compreenderia nunca porque não tinha a mão boa, porque só conseguia cultivar uns espinafrezinhos de nada perto de minha casa.

Ele dizia que eu era um jardineiro sem experiência, mas por outro lado reconhecia que eu me virava até que bem, e admitia:

— Ontem, no fim da tarde, eu estava sentado na entrada da minha casa e te vi com seus trapos de velho jogando punhados da futura colheita nos sulcos. Talvez você não saiba, mas estava tentando imitar o famoso e majestoso gesto do semeador cuja alta silhueta negra domina as profundezas do campo, e sobre o qual imaginamos a que ponto deve acreditar no passar útil dos dias...

Não entendi nada dessa viagem que ele com certeza tinha tirado de um de seus livros antigos. Mas eu sabia que não estava sendo maldoso, que era um elogio, já que dizia tudo isso com uma voz doce e cálida.

Algumas semanas mais tarde, enquanto eu ainda saboreava

seu elogio e meus problemas de memória começavam a piorar, ele me viu no jardim e correu até mim:

— Não te vi imitando o majestoso gesto do semeador desde hoje cedo! O que é que está fazendo no meio dos seus espinafres?

— Estou vendo como crescem...

— Como assim está vendo como crescem?

— É que tem uma coisa que eu queria muito entender, e seus livros não falam nada sobre isso: por que os meus espinafres só crescem quando não estou vendo, hein? Acho isso o fim da picada!

— De fato, é o fim da picada...

— Chega a ser ingratidão da parte deles! Quem é que rega esses espinafrezinhos, por acaso? Quem é que cuida deles? Quem é que arranca as ervas daninhas que não os deixam crescer, hein? Eles não podem fazer isso comigo! Não vou sair desse jardim até que meus espinafres resolvam crescer enquanto assisto aqui e agora!

Kolo Loupangou me olhou com um ar de compaixão e murmurou:

— Pimentinha, vou ser franco com você: acho que você tem que se tratar. Sua situação não é mais grave, ela é desesperadora, muito desesperadora...

E ele me repetiria esse mesmo refrão ao longo dos anos, enquanto meus problemas de memória modificavam meu aspecto e eu começava a andar em zigue-zague, porque como ia me lembrar que a linha reta era o caminho mais curto que levava de um ponto a outro e que, como dizem por aqui, é por causa dessa regra que os bêbados chegam sempre tarde em casa?

Assim que eu punha o nariz para fora da cabana, me perdia. Se eu vagava pelos arredores da Costa Selvagem, era porque achava que minha casa estava, na verdade, do outro lado do oceano e que bastava andar sobre a água, um pouco como aquele famoso messias cujas proezas desse tipo se conta na Sagrada Escritura. Cada vez que tentava fazer essa mesma proeza — eu ficava muito curioso para saber como o sujeito tinha conseguido levá-la a cabo e ainda convencido um de seus discípulos a imitá-lo —, me continha e murmurava que a água estava muito fria ou muito poluída pelos excrementos de certos habitantes, aqueles que diziam que podíamos fazer sem hesitar nossas necessidades no mar, já que os estudiosos de nosso país haviam demonstrado que o sal matava os micróbios, todos os micróbios, até os mais resistentes que se enterravam nas profundezas do mar.

Então eu ia para a esquerda, para a direita sem me dar conta de que passava várias vezes no mesmo lugar. Na minha cabeça eu escutava o ressoar das ondas, e quando elas quebravam, eu tinha a sensação de que tudo explodia ao meu redor, que eu seria engolido pelas águas. Era por isso que tapava os ouvidos e prendia a respiração por alguns segundos, o tempo que essas ondas levavam para se desfazer, e então eu me dizia que não era o mar que me perseguia e que era eu que estava atormentado por sua presença.

*

A doença não tinha mudado nada além de meu aspecto: levando em conta meus trajes e meu comportamento, achavam que eu era um fantasma saído do cemitério Mongo-Kamba ou um ser capaz de discutir abertamente com a própria sombra e se ver em profundo desacordo com ela sobre qual direção tomar em uma encruzilhada. Assim que os cachorros cruzavam comigo eles davam no pé e, por precaução, latiam algumas centenas de metros mais adiante, perante a permissão de seus donos. Eu tinha, então, entendido que a melhor forma de fazer um cachorro fugir era latindo como ele. Vi alguns que, chocados e talvez admirando minhas qualidades de imitador, interrompiam seus latidos, se inclinavam em minha direção como se aceitassem que eu havia me tornado o chefe da matilha deles...

Para me proteger da estação das secas eu me deslocava com uma manta grossa de lã, um chapéu de palha e uma comprida vara de madeira para intimidar os moleques que se divertiam, agora, atirando pedras em mim. Eu corria atrás deles, mas eram tão ágeis e rápidos que em dois ou três movimentos sumiam de vista. Com essa nova aparência física era difícil me reconhecer, até para meu vizinho.

Como eu andava em círculos desse jeito, tal qual um cachorro correndo atrás do rabo, era preciso inventar alguma coisinha qualquer, uma coisinha que me permitisse me situar em minha desorientação. Com a ajuda da minha vara eu desenhava uma cruz de Lorena onde eu já havia posto os pés, para não voltar a passar no mesmo lugar alguns minutos depois. Por isso, várias ruelas estavam marcadas com dezenas e mais dezenas de cruzes de Lorena, porque eu também tinha o direito de ir e vir pelas ruas públicas ainda que não pagasse meus impostos — e, aliás, se só as pessoas que pagam impostos tivessem o direito de percorrer essas vias, meu Deus, as ruas de nosso bairro estariam tão desertas quanto as grandes avenidas de uma cidade abandonada do Faroeste. E quando eu me deparava com uma dessas cruzes de Lorena, exclamava:

— Olha só, olha só, olha só uma cruz de Lorena! Então eu já passei por aqui, vou ter que ir por outro lugar, que não tenha uma cruz de Lorena!

Mudava de direção, mas os jovens engraçadinhos se

divertiam colocando cruzes de Lorena em todos os cantos. Eu me perdia cada vez mais, porque era difícil para mim distinguir minhas próprias cruzes de Lorena das desses farsantes que acrescentavam talento a suas provocações. Então, parei de desenhar cruzes de Lorena e passava meu tempo, agora, apagando-as.

Algumas tardes passeava pelos cemitérios dos bairros da cidade, onde me dedicava à caça de borboletas com a ajuda de um estilingue. Visitava os túmulos de Loandjili, de Diosso, de Fouks, de Mpaka, de Mbota e de Mongo-Kamba, com a ideia de que minha mãe biológica que eu não conhecera estaria enterrada em uma dessas necrópoles. Não era que eu sentia necessidade de saber quem fora minha verdadeira mãe ou por que alguns dias depois de meu nascimento ela me deixara na porta do orfanato de Loango. Na verdade, eu queria cuspir no túmulo dessa mulher, acertar as contas com ela. Como eu não sabia se ela estava mesmo morta ou se ainda vivia, me rebelava contra os mortos desses cemitérios, tinha raiva por eles descansarem em paz ou por se beneficiarem do respeito da população enquanto eu sofria. Apagava as inscrições em suas cruzes e as substituía por nomes errados. Posso admitir hoje em dia que foi por minha culpa que algumas famílias de falecidos se perdiam pelos corredores das necrópoles, se dobravam diante dos defuntos que não eram os seus. Para piorar as coisas, eu ria dissimuladamente entre dois túmulos sem me dar conta de que era por pudor e cortesia que esses defuntos desconhecidos não me mandavam para o inferno.

Como se não bastasse, na época de lua cheia, sobretudo nos anos bissextos, eu queria a todo custo ver o umbigo de uma mulher de policial. Dormia com essa obsessão, acordava com ela. Não aguentando mais, em vez de desenhar cruzes de Lorena, eu desenhava agora o que eu achava ser um umbigo de mulher de policial. Na verdade eu pensava já ter visto todo tipo de umbigo do bairro, talvez até da cidade, mas não o umbigo de uma mulher de policial.

Quando cruzava com qualquer mulher na rua, lhe perguntava se seu companheiro era policial. Ela arregalava os olhos surpresa:

— Perdeu a cabeça ou o quê? Pobre coitado!

Finalmente, uma mulher sentiu pena de mim. Ela tinha reparado que eu aparecia na rua e lá ficava horas e horas perguntando às mulheres qual era a profissão do marido, sem nunca encontrar uma que fosse casada com um policial. Um dia ela parou, me revelou a profissão do marido, Fernando Quiroga, um tabelião-corretor de imóveis renomado que ti- nha escritório no centro da cidade.

— Seu marido é tabelião, não policial! — disse eu com um ar de absoluta rejeição.

— Policial ou tabelião, dá no mesmo...

— Não, não dá no mesmo, tem um dos dois que carrega algemas, o outro não, e papa os bens que os defuntos deixam a seus herdeiros!

— Posso ainda assim te mostrar meu lindo umbigo de mulher de tabelião?

— Quero ver o de uma mulher de policial, ponto-final!

Vi em seu rosto ao mesmo tempo decepção e humilhação. Depois de certo tempo, renunciei à minha vontade porque tinha ouvido falar de um sujeito que morreu de ataque cardíaco entre o saiote de uma mulher de policial quando ela enfim lhe mostrara seu umbigo...

Na Costa Selvagem, para onde voltei depois de tantos anos, os vagabundos evidentemente não eram mais os mesmos, e eu me sentia o mais velho de todos.

— Esse cara que faz o tipo "perdi a memória" só pode ser um infiltrado que vai nos denunciar para a polícia! — diziam alguns deles.

Jurei que não estava mancomunado com a polícia. Que queria era voltar para minha cabana, mas como iria reconhecer o caminho?

— Então você não sabe de onde vem, é isso?

— Sim, é isso...

— Mas então você se lembra de que não lembra de onde vem? Esses jovens da Costa Selvagem achavam que eu não sabia mais o que dizia, que era, na verdade, só um retardado mental. Eu podia aguentar essas palavras maldosas, mas não tolerava que dissessem ainda por cima que eu era um perdido cujos discursos e atos desconexos lembravam os balbucios de nosso ancestral pré-histórico do tempo em que se divorciou por consentimento mútuo de nosso primo macaco, porque estava por aqui com ele, principalmente porque tinha descoberto que podia ser autossuficiente, acender sua fogueirinha com a ajuda de duas pedras, que só era preciso friccionar uma contra a outra em vez de engolir carne crua igual a um felino. Alguns desses falsos amigos já tinham desistido de mim, e quando viam minha silhueta magra de Dom Quixote de la Mancha imaginavam que eu travava batalhas épicas contra moinhos de vento ou que corria atrás de uma camponesa, escolhida de meu coração.

E eles gritavam:

— Lá está aquele imbecil que não sabe mais onde fica sua cabana!

Então desviavam o olhar. Teve um que me disse com ar de desprezo:

— Seu problema, Pimentinha, é que sua boca está agora paralisada por uma estupidez visceral, e a cada dia ela ganha mais espaço em suas voltas. Você fala sozinho, acha que os postes são gigantes mágicos que você precisa a todo custo combater! Quando a gente olha para você, já não fica dúvida, tem certeza de que o homem vem realmente do macaco!

Aí, não aguentando mais, repliquei na hora:

— E quando a gente olha para você, tem certeza de que você teve sorte de não vir do macaco como eu, mas você se redime tão rápido que a humanidade vai conhecer logo, logo uma nova espécie de primata!

E então o provocador berrou:

— Quer um murro na cara, é? Velho imbecil! O cemitério está te esperando e você não morre, enquanto as pessoas de verdade vão embora desse mundo! Você serve para que nessa cidade, hein?

Ele se afastou me mostrando o dedo do meio bem estendido em direção ao céu ...

Eu me lembro que era uma tarde de verão muito quente. Estávamos tão apertados naquele ônibus da Sociedade dos Transportes de Pointe-Noire que quando eu tomava cotoveladas fortes as devolvia com a mesma brutalidade, até que meu vizinho Kolo Loupangou pediu para que eu me acalmasse, para que me comportasse melhor, principalmente para que não mostrasse às pessoas que eu tinha um problema fazia anos, um grande problema aqui, na cabeça. Aliás, por todo o trajeto ele contou que ainda se espantava por ter me capturado igual a um rato perto da Costa Selvagem para me trazer com ele, pois fazia vários meses que não me via em minha cabana e estava me procurando em vão pelos bairros mais afastados de Pointe-Noire.

Quando me queixava do calor e do cheiro de transpiração dos outros passageiros, Kolo Loupangou elogiava sem parar o médico que me receberia:

— Você vai ver, ele é muito bom, estou dizendo! É o único médico capaz de curar as doenças do cérebro nessa cidade, e talvez nesse país! Não sei que raios está fazendo em Pointe-Noire, no seu lugar eu teria ficado na França, em Paris, onde teria sido tão bem pago quanto os médicos brancos! O doutor Kilahou salvou Kaké Ebeti, um tolo de uns cinquenta anos que andava pelado pelas ruas da cidade há mais de vinte anos e que tinha, diziam, uma lacraia no cérebro. Esse infeliz não tinha dado um lampião de presente para seu tio materno e este, rancoroso, pedira aos espíritos malignos que destruíssem uma boa parte dos neurônios do sobrinho! Mas o doutor Kilahou neutralizou essa lacraia mística, só que antes Kaké Ebeti teve que se ajoelhar diante do tio e comprar para ele esse lampião que ele pedia há anos. Esse antigo louco leva agora uma vida de rei: se casou com uma ex-miss bairro Rex, usa ternos europeus, tem gravatas que não deixam nada a desejar às cores do arco-íris e, a cereja do bolo, conseguiu um emprego de chefe da equipe do supermercado Le Printania! Você vai conhecer essa mesma felicidade, Pimentinha!

Continuei mudo, a mente mais preocupada com as duas garrafas de cerveja que eu tinha escondido na areia do rio Tchinouka para que conservassem um pouco do frescor até a minha volta. Quando mais eu pensava nisso, mais imaginava essas duas garrafas ficando grávidas, dando à luz bebês-cerveja que, por sua vez, dariam à luz outros bebês-cerveja, a ponto de que para mim o mundo não seria nada além de um grande oceano de álcool.

Quando o ônibus parou em frente ao prédio da Sociedade Nacional de Eletricidade e Distribuição de Água, meu vizinho suspirou aliviado:

— É neste belo prédio da SNEDE que fica o consultório do doutor Kilahou…

No hall de entrada, Kolo Loupangou parou em frente ao elevador:

— Ele recebe os pacientes em particular, e eu respeito sua maneira de trabalhar! Foi assim que curou Kaké Ebeti!
— Você vai embora, então? — me inquietei.
Ele apontou a pequena sala em um canto do hall:
— Vou te esperar ali para ter certeza de que não vai mais desaparecer por meses. Não vou sair dali até que você volte!
— Não quero falar com um estranho, ele vai me irritar rápido e...
— Eu te imploro, seja educado, não fale com ele do mesmo jeito que fala com seus amigos do Tchinouka ou da Costa Selvagem, ele é médico e estudou com os brancos!
Entrou comigo no elevador, apertou um botão e saiu antes que as portas se fechassem.
Eu o vi se sentar no sofá e logo pegar o pote de balas que ficava na mesa de centro.
Assim que as portas do elevador se abriram no primeiro andar, corri para fora, persuadido de que estava enfim fugindo de uma armadilha. Em uma das duas portas do andar, a da esquerda, uma placa dourada dizia:

Doutor Lucien Kilahou, Neuropsicólogo,
Diplomado da Faculdade de Medicina de Paris
Antigo residente dos hospitais de Paris
Entrar sem bater

Ainda assim eu bati antes de entrar.
Uma velha senhora de pernas finas e grandes óculos de grau abriu a porta para mim depois de ter me medido dos pés à cabeça:
— O doutor logo estará disponível, está em uma chamada telefônica.

— Estou com pressa, senhora! Ela me metralhou com o olhar:

— Você não marcou consulta e está com pressa? Por que não marca uma consulta agora para voltar outro dia se está com tanta pressa hoje?

Enquanto eu observava minuciosamente a peruca loira que mal cobria um terço de seu crânio, murmurava comigo mesmo: "Fique calmo, Pimentinha, não decepcione o vizinho que te espera lá embaixo".

Constrangida pelo meu olhar insistente, a senhora se esforçou para acertar a peruca de volta no lugar e esconder alguns cabelos brancos que escapavam. Ela me entregou um jornal que datava de um ano e me pediu para que me acomodasse em uma sala de espera enorme cujas paredes estavam cobertas de imagens que comparavam sob todos os ângulos o cérebro do ser humano com o do elefante, do golfinho, do gorila, do gato, do cachorro, do chimpanzé e do rato.

Eu fiquei olhando o do homem. Era assustador saber que nós nos movimentávamos com uma pasta compacta na cabeça. Vi pela primeira vez os termos que designavam certas partes desse órgão: aqueduto do mesencéfalo, tálamo, hipotálamo, ponte de Varólio, fórnix ou ainda glândula pineal. Eu imaginava aquela assistente que ficava me observando da recepção tirando a peruca e depois extraindo todas as noites seu cérebro para limpar de cabo a rabo sua caixa craniana antes de recolocar delicadamente tudo no lugar.

Afastei logo esses pensamentos e abri o jornal que me entregaram na entrada. Como a foto do prefeito François Makélé ocupava metade de cada página, fechei o periódico e o joguei no chão. De longe, cruzei o olhar reprovador da assistente, que parecia não ter gostado desse gesto.

Depois de quinze minutos, um homenzinho obeso e careca veio até mim e me estendeu uma mão suada. Não lhe dei a mão e, desconfiado, perguntei:

— O senhor também trabalha aqui?

— Eu sou o doutor Lucien Kilahou…

Se eu hesitara em lhe cumprimentar não tinha sido tanto por causa das mãos que transpiravam, mas porque ele não estava usando um jaleco branco como os médicos de verdade e vestia um conjunto em tecido que tinha ao redor das mangas e do colarinho bordados cintilantes que me causavam enxaquecas.

— Queira me acompanhar, senhor… — disse ele.

Ele me conduziu a outro cômodo muito frio, com paredes brancas. Ele me indicou uma cadeira de couro, se sentou na minha frente, os braços cruzados sobre a barriga flácida. Minha atenção foi capturada por uma foto emoldurada e pendurada na parede, a única imagem do cômodo, aliás, bem atrás dele: o médico estava rodeado por uma mulher branca e uma adolescente mestiça e gordinha, a cara dele.

— Conversei bastante por telefone com seu vizinho, tratei de um dos pais dele, seu caso me interessa… Fui eu quem lhe sugeriu que o trouxesse aqui, sem marcar consulta, no dia em que ele conseguisse te encontrar. Parece que não foi fácil, demorou meses! De todo modo, estou sabendo das dificuldades que vem sentindo há um tempo e posso afirmar que seu vizinho o estima muito…

— Sim, mas ele ficou na casa dele!

— Não, ele está te esperando lá embaixo, no hall... Olhe para a sua esquerda.

Em uma telinha em preto e branco que eu não tinha notado até o momento via-se, de fato, todo o hall do térreo, e Kolo Loupangou se entupindo de doces.

O médico se levantou, foi desligar a tela e voltou para minha frente:

— Bom, vou te fazer algumas perguntas...

— Perguntas?

— No nosso jargão isso se chama QAM, ou "Questionário de Autoavaliação da Memória". Eu tento, quando é possível e necessário, adaptar as perguntas de acordo com o paciente e a realidade do nosso país.

Colocou um monte de imagens diante dos meus olhos, abriu um bloco de notas, me questionou durante mais de meia hora sobre os nomes e os rostos de pessoas famosas do Congo, do país vizinho, da França, sobre os negros da América, como Mohammed Ali, George Foreman ou Martin Luther King, sobre minha infância, sobre o orfanato de Loango, onde, uma semana depois de meu nascimento, fui abandonado às pressas e às escondidas pelos meus progenitores que nunca conheci. Soube nesse instante que tinha sido meu vizinho que lhe fornecera certos detalhes específicos sobre minha vida.

O doutor insistiu, em seguida, sobre as tarefas da vida cotidiana, sobre o itinerário para ir do bairro Rex ao Trois-Cents ou do Savon ao Tié-Tié, sobre a atualidade, sobre o vocabulário em francês, em munukutuba ou em lingala etc. Assim que eu respondia, ele marcava um x em um formulário que não me deixava ler graças à sua grande mão suada que o tapava. Entendi que me atribuía notas e que no fim minhas respostas o informariam sobre meu estado.

Quanto mais esse exercício demorava, mais as perguntas do médico me irritavam.

— Você é homem ou mulher?

Sem hesitar, respondi:

— Isso depende dos dias e dos meses.

Suas sobrancelhas que até então estavam comportadas se ergueram de espanto:

— E hoje você é homem ou mulher?

— Talvez os dois, não sei, não sei mais...

— E qual é seu sobrenome?

— Pimentinha.

— Quis dizer seu nome de família, não seu apelido...

— É assim que me chamam, e quando não se tem família, é melhor não ter um nome de família... Eu teria preferido ter um belo sobrenome! Um sobrenome que soasse bem!

— Ah, é, qual por exemplo?

— Robin Hood...

— Por que Robin Hood? Não é um sobrenome congolês, pelo que sei!

— Seria uma explicação muito longa, doutor.

— Vou voltar a uma pergunta que você não respondeu: qual é o nome do presidente da República, o Pai da Nação?

— François Makélé...

— Não, François Makélé é o prefeito de Pointe-Noire, e eu pedi para que minha secretária te desse um jornal no qual havia a foto dele em todas as páginas. Ela me disse que você jogou o periódico no chão. Por que teve essa reação?

— Era um jornal velho, datava de um ano!

— Eu sei, mas não elegemos o prefeito todo ano…

Para acabar logo com esse interrogatório no qual o médico se permitia todas as vezes me corrigir, responder no meu lugar, mudei de assunto:

— E quanto às injeções?

— Que injeções?

— Sabe, doutor, assim que vejo uma seringa, acabou, eu apago a luz.³

— Como assim a luz?

— É essa a expressão, não?

— Senhor Pimentinha, não haverá injeção, pelo menos não hoje, e comigo você não apagará a luz, como diz.

— E na próxima vez?

— Basta a cada dia o seu mal…

— O que quer dizer com isso?

— Dependerá do resultado dos exames que te pedirei para fazer.

Pressenti que ele estava me enganando quando parou de sorrir e começou a me olhar como se eu viesse de outro planeta. Quando um médico te observa, mesmo que por apenas alguns segundos, sem dizer nada, você tem a impressão de que ele está te observando há uma hora e te escondendo um diagnóstico alarmante. Então isso te faz dizer coisas. Sim, era sem dúvida sua técnica para fazer com que os pacientes confessassem.

— Tenho consciência de que demorei mais que o normal, vou tentar ir mais rápido…

---

³ Em francês, "je tombe dans les pommes de terre", fazendo referência à expressão idiomática "tomber les pommes", que significa desmaiar, apagar. [N.T.]

Ele me mostrou dois objetos dispostos sobre uma mesinha atrás de mim:

— Estas duas coisas te dizem alguma coisa específica?

Eu me virei e mal dei uma olhada:

— Não me dizem nada!

— Senhor Pimentinha, peço para cooperar e levar o tempo que for preciso...

— Isso não exclui o fato de que esses objetos são inúteis!

— Por que diz isso?

— Quem, aliás, os colocou nessa mesa? É em um escritório que essas coisas devem ficar?

— Escute, vou ser franco com você: não estou aqui para brincadeiras! Estudei na França, gostaria de lembrar-lhe, caso não tenha lido na placa ao entrar em meu consultório! Diga apenas os nomes desses dois objetos e passaremos à próxima etapa!

Não me deixei intimidar por sua mudança de tom:

— Eles não me dizem nada...

— Olhe-os bem mais uma vez!

— Não me dizem nada.

— Você poderia ao menos se lembrar deles! Todo mundo tem isso, e você com certeza também tem em casa!

— Não, não posso!

— Não pode ou não quer?

Eu me endireitei e arrumei o colarinho da minha camisa:

— Se é assim, vou embora!

— Senhor Pimentinha, gostaria de ouvi-lo dizer: "Isto é uma colher, serve para tomar sopa, alimentos líquidos; já isto é uma panela, serve para cozinhar os alimentos!". É bem fácil dizer o nome de um objeto e explicar sua função!

— Você quer que eu te diga meu verdadeiro problema, doutor?

Percebi que estava perplexo antes de concordar:

— Vamos lá então, estou aqui para te escutar.

— Minha doença vem de longe, de muito longe...

— Ou seja?

— Se estou doente é por causa dos adjuntos adverbiais...

Ele soltou uma gargalhada:

— Essa eu nunca tinha escutado! De onde você tirou isso?

— Foi um amigo que me disse, ele se chama Fort la Mort...

— Entendo, mas qual é a relação entre seus problemas psíquicos e os adjuntos adverbiais?

— Se me permite, doutor, qual é a função de um adjunto adverbial em uma frase?

Incomodado com a pergunta, ele baixou os olhos, segurando outra gargalhada:

— Reconheço que você me pegou desprevenido, confesso que nunca tinha pensado nisso e...

— Meu amigo Fort la Mort me disse que o adjunto adverbial está lá para completar a ação do verbo de acordo com as circunstâncias. Quer dizer que sem ele o verbo está totalmente perdido, não consegue mais exprimir com precisão a causa, o meio, a comparação etc., estou enganado? Talvez minha memória não seja mais confiável porque perdi a maior parte de meus adjuntos adverbiais. Ou então não sei mais como colocá-los nas minhas frases! Se não tenho meus adjuntos adverbiais quando preciso deles, não consigo me lembrar do tempo, do lugar, do modo etc., e meus verbos estão agora sozinhos, tornaram-se órfãos como eu e, nesse caso, nada mais me indica as circunstâncias de minhas ações, é aliás por isso que os chamamos de "adjuntos". Fort la Mort acha que posso apanhar outros adjuntos adverbiais pela rua, pois tem gente que os joga fora depois de usá-los, mas vou precisar pegar aqueles que correspondem aos que perdi. É difícil, pois não sou o único que está procurando na cidade, e cada vez que encontro um, ele nunca corresponde ao que eu tinha antes, e então eu não...

— Olha, já chega!

— Porque, cá entre nós, doutor, não vou nem falar dos complementos de objeto direto ou indireto pois estes, diferente dos adjuntos adverbiais, são mais fáceis de juntar ao verbo e...

— Eu disse que chega! Sou médico, não professor de francês!

— Eu queria sinceramente te ajudar, doutor...

— Vamos seguir com algo mais simples. Qual é a última lembrança que te vem na cabeça agora?

— Agora?

— Sim, agora.

— Você quer dizer sem contar meus adjuntos adverbiais que se mandaram e deixaram meus verbos sozinhos?

— Não se preocupe com isso, se você responder a minha pergunta seus adjuntos adverbiais voltarão tão rápido quanto foram embora.

Pensei um pouco, depois soltei:

— Na verdade, lembro que antes de ontem, no fim da tarde, eu vi anões pisoteando os pobres espinafrezinhos do meu jardim. O que eu podia fazer, hein? Bom, expulsei todos eles porque, coloque-se em meu lugar por um instante, meus pobres espinafrezinhos não tinham feito nenhum mal a ninguém, tinham só começado a crescer, e sou eu quem os rega todas as manhãs e todas as noites. Aliás, não posso esquecer de regá-los esta noite...

— Anões em seu jardim, você disse?

— Sim, anões de jardim de verdade! Eles falavam como você e eu! Tinha até anões gêmeos, e garanto que isso é raro de encontrar hoje em dia!

— Por acaso não eram seus amigos do Tchinouka ou da Costa Selvagem que você está achando que eram anões de jardim?

— Não, eram anões! Tinham boca, braços, nariz, orelhas e também alguma coisa balangando entre as pernas, se entende o que quero dizer. Eram muitos. Tinha um, o mais velho do grupo, acho, que estava vestido como agente aduaneiro e falava com seus dez filhos e sobrinhos que tinha de sustentar.

— E como se livrou deles?

— Tive que jogar água com pimenta na cara deles antes que fugissem em um caminhão da Companhia Marítima!

— Seu vizinho me contou que você já trabalhou na Companhia Marítima...

— Eu não era um qualquer!

— E esses anões, você os encontrava também quando trabalhava no porto?

— E como! Eu era o chefe deles, seu superior hierárquico! Não iam ser os anões que mandavam em mim, o Pimentinha!

— E você, Pimentinha, você também é um anão como eles?

— Depende do dia e do mês. E depois, se me comparo a um dinossauro, é claro que sou um anão para o dinossauro...

— Então, se entendi bem, você já viu um dinossauro?

— Francamente, doutor! Quem é que nunca viu um dinossauro, hein? Tem um monte no rio Tchinouka! E, ao contrário do que as pessoas acham, os dinossauros são mansos se você não os provocar e...

— Você está cheirando a álcool... Bebe muito?

— Como todo mundo...

— Ou seja?

— Um engradado por dia, mas veja bem, não sou só eu que bebo! Se quiser posso citar nomes!

— Não precisa...

— Porque não quero que ache que sou o único nesta cidade a entornar de tempos em tempos. Somos muitos na Costa Selvagem, sobretudo no rio Tchinouka, pode verificar isso, cada um leva seu engradado de cerveja. Menos, talvez, o mais velho entre nós, o carpinteiro Mokili Ngonga, ele não bebe cerveja, só bebe uísque, porque, segundo ele, a cerveja dá barriga, e quando a barriga tá grande como quer que a gente enxergue nosso sexo para segurá-lo e fazer xixi? Além disso eu...

— E hoje, você bebeu?

— Sim, mas não tudo, escondi duas cervejas na areia assim que vi meu vizinho vindo me pegar para me trazer aqui, e espero que essas duas garrafas façam pencas de bebezinhos-cerveja.

Refleti por um momento antes de acrescentar:

— Não, não bebi tudo, mas não tem problema, mesmo quando não bebo é como se tivesse bebido: tenho a sorte de ter um corpo que armazena álcool. Meus amigos costumam me elogiar e dizem que sou uma verdadeira cervejaria!

Eu ria enquanto o doutor murmurava:

— Acho que sei do que você sofre...

— Espere, doutor, não são só os anões que me incomodam...

— E dessa vez quem é? Um exército de gigantes?

— Na verdade, há um tempo não consigo apagar da minha memória a imagem de um grande bichano preto que comemos e...

— Quê? Você comeu um gato preto?

— Eu queria protegê-lo, foram os bembés que o pegaram, e a gente o comeu como se fosse uma carne normal, sendo que não era!

— Com certeza o que não te falta é imaginação, senhor Pimentinha!

— Te juro que é verdade, doutor!

— Poderíamos continuar por horas e mais horas, mas voltemos à realidade...

O neuropsicólogo começou, então, a dar explicações rebuscadas que eu ouvia sem pestanejar. Escutei termos tão complicados quanto os que tinha lido na sala de espera, uns mais nebulosos que os outros: Alzheimer, agnosia, amnésia anterógrada, amnésia retrógrada, amnésia ântero-retrógrada, amnésia lacunar ou amnésia seletiva...

Depois dessa sucessão de jargões, ele concluiu:

— Não me espantaria se tivéssemos que pensar na síndrome de Korsakoff...

Pulei da cadeira:

— Quem é esse Korsakoff mesmo?

Ele manteve a calma para me anunciar:

— Sergei Korsakoff foi um neuropsiquiatra do século XIX. É ironia do destino constatar que alguém como ele, que dedicou a vida às doenças do cérebro, tenha morrido aos quarenta e seis anos de uma crise cardíaca! Isso quer dizer que, se ele fosse cardiologista, teria na verdade morrido da doença que leva hoje seu nome?

Percebendo que eu parecia um pouco perdido, ele retomou:

— Resumindo, você provavelmente tem algumas complicações da encefalopatia de Wernicke... Entretanto, vou precisar realizar um diagnóstico mais aprofundado. Alguns sinais preliminares me fazem acreditar que realmente se trata dessa síndrome: você consome álcool de maneira excessiva há anos, tem dificuldade para se lembrar de coisas passadas e para assimilar coisas novas e, se me ativer a sua história de anões que te assombram ou à do gato preto que você teria comido com seus amigos, você tem uma forte predisposição à fabulação...

— Doutor, então você acha que eu não passo de um mentiroso?

— Não estou te acusando de nada, senhor Pimentinha... Busco o diagnóstico e só estou fazendo conjecturas. No entanto, costumo me enganar pouco sobre essa síndrome, foi o tema de minha tese de doutorado na França, tese que defendi "com louvor". Digamos que depois dos exames que te pedirei, será preciso que pensemos em um tratamento que levará tempo, muito tempo...

Ainda acompanhado por Kolo Loupangou, que me esperava no hall e que se enchia de guloseimas quando não estava roncando no sofá com os pés em cima da mesa de centro, voltei várias semanas seguidas para outras consultas e análises com as quais o doutor Kilahou confirmou que meu "atestado neuropsicológico" era "pesado", que eu tinha "lesões cerebrais muito sérias".

Seu ar evasivo me angustiava, e senti meu coração sair pela boca quando ele concluiu:

— Não gostaria de te dar muita esperança, pois a doença que você tem é irreversível... No entanto, vou te prescrever medicamentos para abrandar os efeitos colaterais e...

— Eu não estou doente, doutor!

— Aqueles que, assim como você, enfrentam alguma forma

de amnésia, costumam entrar no que chamamos de anosognosia, estado que os leva a negar os sintomas de sua doença...

Ele me desaconselhou a tomar bebidas alcoólicas, nem sequer uma gota, e me impôs um regime alimentar que anotou em um pedaço de papel. Eu desmaiava todas as vezes que ele me dava fortes doses de vitaminas B1 por via intravenosa...

Durante todo esse tratamento, Kolo Loupangou não saiu do meu lado, mas não me prendeu ao pé de uma mangueira como teria feito a maior parte das pessoas de Pointe-Noire, que tratava assim seus doentes mentais antes de resolver colocá-los em um asilo psiquiátrico. Quantas vezes eu não tinha visto loucos com as mãos e os pés atados com uma corda que eles roíam nervosos enquanto soltavam latidos como se fossem verdadeiros canídeos. Os próprios cachorros, surpresos com aquele espetáculo humilhante, paravam por um instante diante dos infelizes prisioneiros e levantavam as orelhas porque não entendiam mais em qual mundo estavam.

No final de cada sessão, meu vizinho sempre me recebia com as mesmas palavras quando eu me juntava a ele no hall:

— Estou muito orgulhoso de você, Pimentinha, ontem você dormiu em sua cabana. É animador, quer dizer que o tratamento está começando a funcionar. Venho te buscar na semana que vem, é bom que você não desapareça, não é a hora, trata-se da sua saúde!

Acho que meu vizinho era muito otimista. Três ou quatro meses depois, era como se ainda estivéssemos no ponto de partida. Exasperado com minha falta de educação, o doutor Lucien Kilahou me pediu para não colocar os pés em seu consultório nunca mais. Eu o tratava cada vez mais como um anão, quiçá como um Pigmeu.

Falava-lhe sobre os adjuntos adverbiais que eu apanhava na rua, mas que não correspondiam aos que eu procurava. Contava a ele sobre minha luta intensa contra os anões da Companhia Marítima que destruíam meus espinafres. Não me esquecia do gato preto que tínhamos comido e que miava cada vez mais alto na minha cabeça.

— Você é o paciente mais grosseiro que já tive neste consultório! A síndrome de Korsakoff não é desculpa para tudo.

— Estou progredindo, doutor, até meu vizinho disse isso e...

— Não, você cheira a álcool o tempo todo, e eu o proibi de beber há seis meses! Não dizia nada quando você chegava aqui bêbado, mas existem limites, e você só os ultrapassa!

— Me dê uma última chance, doutor...

— Não haverá última chance, você desperdiçou todas, peço que saia deste consultório! Apesar do juramento de Hipócrates que eu fiz na Europa, não quero mais voltar a vê-lo aqui, você não passa de um impostor!

Não saí do lugar, e sentia sua raiva aumentando.

— Se não sair daqui vou chamar a polícia! E sabe onde vão te trancafiar? Em um asilo!

A palavra "asilo" ressoou tão forte em minha cabeça que me levantei com um movimento brusco. Antes de ir embora, gritei para ele o que eu tinha no coração há um tempo:

— Desde o primeiro dia você tira sarro de mim! Paciência, você não é o único médico da cidade!

Quando estava saindo do consultório, notei que os utensílios que ele usava nos meus testes ainda estavam em cima da mesa do fundo, e senti um pequeno prazer ao lhe dizer:

— Sabe por que um desses dois utensílios se chama panela? Porque é um recipiente hipócrita como você, não sabemos o que tem em seu interior enquanto não abrirmos a tampa! Você não passa de uma panela, doutor! E o que é que eu tenho a ver com a colher, hein? Será que você sabe que antigamente até uma concha servia de colher e que era a princípio para comer escargôs? Quem é o escargô e quem é a colher entre mim e você?

— Saia daqui!!!

Assim que cheguei ao hall, meu vizinho viu minha cara e se alarmou:

— Você tomou mais injeções que o normal?

— Não vou mais voltar aqui de qualquer jeito, ele me mandou embora por causa da panela e da colher, e é com isso que ele engana os doentes!

Para minha grande surpresa, Kolo Loupangou foi ainda mais duro do que eu em relação a esse médico:

— Esse sujeito só é bom quando alguém tem uma lacraia na cabeça. Mas você não tem uma lacraia aí dentro, é outra coisa, só um curandeiro tradicional poderia vasculhar sua memória e recolocar as coisas todas onde devem estar...

Eu não era mais acompanhado por Kolo Loupangou, já que o curandeiro que ele escolhera não morava longe do Tchinouka. Eu chegava a ir cinco ou seis vezes por dia ao curandeiro, que, surpreso, me lembrava:

— Pimentinha, o que faz aqui de novo? Você já veio ao meio-dia!

— Ah, é?

— Comemos juntos como de costume, lembre-se!

Ele se chamava Ngampika e só pedia para pagar depois da cura total dos doentes, o que a medicina dos brancos não podia garantir, acrescentava ele em um impulso de autossatisfação. A placa, na entrada de seu terreno, era sem dúvida a mais completa da cidade:

> *Curandeiro Ngampika*
> *Descendente direto e legítimo do rei Makoko*
> *Ex-feiticeiro pessoal do prefeito, do governador e do presidente da República*
> *Especialista em doenças incuráveis conhecidas e desconhecidas*
> *Retorno garantido de sua mulher para casa em 24 horas Cura total de esterilidade, impotência, hérnia*
> *Feitiço contra seus inimigos*

Provisões para o doente durante todo o tratamento
Pagamento após cura total e definitiva

Eu me sentia à vontade com Ngampika. Era um velhinho amável que me tratou de maneira informal logo de início e com quem eu me divertia tomando uma boa taça de vinho de palma, porque a ciência dos brancos, acreditava ele, tinha muito mais termos incompreensíveis do que curas efetivas. Eu lhe repetia que não devia abusar muito desse vinho de palma que ele estava me oferecendo:

— O doutor Kilahou disse que eu tenho a Korsakoff, e parece que é também por conta do álcool que...

— Pimentinha, esse doutor te falou abobrinha! A Kwashiorkor é uma doença de criança! Todo mundo sabe disso, menos ele! Ele estudou muito na França, onde devem ter ficado com seu cérebro. Agora crianças bebem álcool, hein? E mesmo assim são elas que são afetadas pela Kwashiorkor neste país!

Nós nos embebedávamos e ríamos tanto que Ngampika esquecia que eu estava lá por um motivo bem específico: recuperar minha memória.

— Vamos, vamos, mais uma tacinha! Bebemos pela saúde dos ancestrais e mandamos esse doutor Kilahou à merda! Amanhã você volta, fazemos a primeira consulta tranquilamente. Me dê esta noite para conversar com os ancestrais e vai ver o resultado!

No dia da primeira sessão, cheguei em sua casa na estica. Um dos meus amigos do Tchinouka havia cortado meu cabelo com uma lâmina Gillette e outro me emprestara suas roupas.

O curandeiro me parabenizou:

— Está muito bem-vestido! Mas não sei quem foi o imbecil que cortou seu cabelo, está péssimo, tem falhas por todo lado!

Apontou com o queixo para as seis máscaras de aspecto sinistro penduradas acima de nós:

— Prestou atenção nestas máscaras? Levantei a cabeça, ansioso:

— Como são feias! Parecem monstros!

— Cuidado, elas nos escutam, e eu passei a noite inteira conversando com elas...

— É mesmo?

— Você não vai melhorar sem a ajuda delas.

— E como é que elas vão fazer, porque vão ter que sair aí de cima para...

Foi como se um inseto o tivesse picado. Com os olhos vermelhos e esbugalhados, se lançou em um longo discurso:

— Escute, o diálogo com as máscaras não é da sua alçada, isso é trabalho de Ngampika, o homem excepcional que está na sua frente! Sou descendente direto e legítimo do rei Makoko, primo de primeiro grau do rei Mâ Loango e parente distante da família real de Rudolf Douala Manga Bell, cujo filho Douala Manga Bell, que se tornou rei, foi enforcado pelos alemães em 1914 porque se opunha ao projeto de urbanização que previa a expropriação da etnia dos douala! Os douala eram congoleses como você e eu, meu caro, salvo o fato de que eram inquietos e, no século XVI, de tanto se deslocarem acabaram se instalando perto do estuário do Wouri, que se tornou a cidade que conhecemos hoje sob o nome de Douala! É por isso que quando vou para Camarões comprar alguns amuletos que me ajudam a curar hérnia — digo a hérnia que incha tanto os testículos algumas vezes para além do tamanho de um mamão papaia —, em algumas semanas estou falando o douala sem sotaque! Meus ancestrais, te digo, Pimentinha, tinham riquezas em ouro, mulheres aos montes e escravos em grande quantidade. Mas o que é que eles fizeram com tudo isso, hein? Distribuíram sua fortuna para estar perto daqueles que sofrem, para ajudá-los, para serem intérpretes das mensagens de nossos espíritos! Minha riqueza são essas máscaras, e eu não exerço essa atividade por dinheiro, ou eu não seria o único a deixar que me paguem só depois do restabelecimento integral do doente, enquanto os médicos deste país recebem a remuneração pelo sistema de saúde mesmo quando não curam o doente! Acha isso normal? Será que você deixaria um carro em um mecânico deste bairro e o pagaria se ele não conseguisse consertar tudo que fosse preciso? É impensável! Podem ensinar de tudo nessas escolas de medicina daqui e dacolá, mas os humores de nossos antepassados continuarão sendo um mistério. A partir de hoje, pode dizer a si mesmo que suas queixas pertencem ao passado. Você bateu na porta certa. Após algumas sessões sua memória vai estar tão boa que você se lembrará de tudo, até mesmo do gosto de suas primeiras lágrimas quando estava saindo da barriga de sua mamãe!

Com Ngampika eu só tinha que beber o que ele me dava enquanto recitava alguns feitiços destinados aos espíritos. Estes, segundo ele, tinham a missão de gravar em letras grandes o que havia sido apagado de minha memória e de incluir milhões de páginas virgens onde seriam escritos em letras maiúsculas meu presente e meu futuro. Ele me dava xixi de grilo para beber, sangue de mamba-verde, baba de sapo, pelos de elefante misturados com caulim e com cocô de pardal. Ngampika me tratava como parente, me convidava para comer com ele na hora do almoço antes do início da consulta.

— Será que esses médicos brancos sabem que antes de cuidar de alguém é preciso primeiro alimentar a pessoa, hein? Eu já recebi doentes aqui que, na verdade, não estavam doentes, estavam simplesmente famintos, tinha que ver como comiam! Assim como você!

Dava para pensar que eu agora só ia na casa de Ngampika para comer. Lá eu tinha meu almoço copioso garantido, preparado com carinho por sua esposa, uma velha desdentada que desaparecia assim que colocava duas panelas de alumínio diante de nós. Eu levantava a tampa, encontrava pedaços de carne, molho de pasta de amendoim e bolinhos de mandioca que eu devorava avidamente, pois essa mulher sabia cozinhar. Não faço ideia do que colocava nessa comida, mas não conseguia parar de comer, e ela era obrigada a me servir duas vezes. E se a panela estava vazia, Ngampika, que beliscava mais do que comia, me dava o resto de seu prato.

De tudo o que comi na casa desse curandeiro, era do prato de antílope, em particular, que eu mais gostava. O cheiro da pasta de amendoim misturado às especiarias muito fortes e ao cheiro da pimenta-verde me deixavam louco. Eu engolia os pedaços de mandioca e as bolinhas de carne sem nem mastigar, enquanto a pimenta fazia meu estômago arder. Em seguida eu lambia o prato, para mostrar a meus anfitriões que minha barriga ainda não estava cheia. E quando tinha diarreia por alguns dias, Ngampika não se alarmava:

— É normal, são todas essas coisas ruins escondidas em seu cérebro que estão finalmente saindo!

— Por que elas saem por baixo?

— Por onde você acha que elas iam sair, hein?

— Pela boca...

— Ah, não, em matéria de cura tradicional, todas as doenças que se dão em cima, quero dizer na cabeça, saem por baixo, e as que acontecem embaixo saem por cima. A cura está a caminho, Pimentinha!

Uma noite, depois de várias taças de vinho de palma, Ngampika me convidou para dormir em sua casa.

— As minhas máscaras têm que te ver dormir. É durante seu sono que elas vão entrar na sua cabeça para retirar as impurezas que estão impedindo sua memória de funcionar corretamente.

A esposa dele preparou um tapete para mim na sala com um lençol branco sujo de manchas de sangue por todo lado. Ngampika interveio assim que constatou que eu olhava com repugnância para o lençol:

— Lavamos bem esse lençol, mas o sangue não sai facilmente! Você não tem nada a temer...

Quando o único lampião da casa foi desligado, tive a impressão de que os olhos das máscaras eram tochas voltadas para mim. Ngampika e sua esposa roncavam no único quarto da casa. Curiosamente, esses roncos pareciam vir das máscaras. Por sorte, consegui enfim fechar os olhos. Mas logo, em meu sonho, eu estava sendo perseguido por um exército de máscaras que riam e apontavam lanças em minha direção. Eu corria mais rápido do que elas, com a desenvoltura e a rapidez de quem tem sebo nas canelas. Eu atravessava lagos, saltava rios, às vezes voava para junto de uma floresta e pousava na copa de uma árvore para enfim respirar por alguns minutos, orgulhoso por ter despistado meus perseguidores.

Para meu grande desespero, eu as escutava a menos de quinhentos metros. Quando eu seguia em frente, com os dentes cerrados e os punhos fechados, elas tomavam outros caminhos, os das trevas, os intrincados, da floresta densa e infestada de mosquitos, de mambas-verdes, de cobras esfomeadas. Eu escutava as pobres máscaras urrando de dor, sem dúvida por causa dos espinhos e das picadas dos insetos.

Essa corrida desenfreada terminou com o primeiro canto do galo e, quando abri feliz os olhos constatando que o dia começava, que as máscaras estavam novamente presas na parede, amuadas por eu ter sido melhor do que elas, soube que Ngampika teria dificuldade para me curar.

Como eu não melhorava, Ngampika não podia receber. Agora ele ficava emburrado comigo, e nos olhávamos atravessado. Ele não reclamava mais do doutor Lucien Kilahou e não se gabava mais de suas origens, que iam desde os reinos do Congo até os de Angola e do Camarões.

— Não tem nada para comer hoje, não — anunciou ele um dia da soleira da porta.

— Tinha que ter me avisado! Não coloquei nada para dentro desde hoje cedo porque achava que ia comer aqui como sempre!

Diante de minha resposta atrevida, ele se exaltou:

— Como sempre? Escute aqui! A gente compra a comida! Você acha que a apanhamos no Mercadão? O xixi de grilo, o sangue de mamba-verde, a baba de sapo, os pelos de elefante misturados com caulim e com cocô de pardal, isso custa os olhos da cara! Fiz duas viagens para o Camarões para comprar isso! Quem pagou meu transporte, hein? Quer que eu te diga o que minhas máscaras dizem entre si a seu respeito? Elas acham que você está simulando sua doença para não ter que pagar! Elas te sondaram quando passou a noite aqui nesta casa, e são categóricas: você é o maior impostor desta cidade, talvez deste país! Não vai me enrolar, não, acredite em mim! Se não acertar logo, sou eu quem vai te colocar em uma caixa para uma viagem direto para o outro mundo!

Depois de muito ponderar, voltei no dia seguinte à casa de Ngampika com xixi de grilo, sangue de mamba-verde, baba de sapo, pelos de elefante misturados com caulim e com cocô de pardal. Meu vizinho, que ficou sabendo da mudança de humor do curandeiro, me ajudara a preparar um prato de porco-espinho com espinafre. Mas quando Ngampika notou a cesta cheia de comida, rosnou:

— Não entre em minha casa hoje se não quiser sentir a fúria de minhas máscaras!

— Olhe, trouxe comida, vamos comer juntos, sua mulher também pode se juntar a nós ...

A velha senhora, que devia estar nos escutando escondida, surgiu atrás dele e gritou com sua voz trêmula:

— Aproveitador! Meu marido te curou de sua Kwashiorkor, você deve nos pagar! Deve repor a comida que comeu! Fui eu quem a preparou, e não sou sua escrava!

Desapareceu assim como tinha aparecido, e Ngampika repetiu por sua vez:

— Escutou o que ela disse, não? Você está curado, tem que nos pagar!

— Não estou curado, e não vou pagar nada! Era eu quem pedia a sua mulher para me trazer comida, é?

— Então saia já daqui e vá ver outro tonto ou volte para o

doutor Lucien Kilahou, Ngampika é um nobre, e ele não vai mais lidar mais com um farsante de sua espécie!

— Sou eu o farsante?

— Sim, é você! Você não passa de um bucho de ema!

— E você não passa de um golpista! Aliás, você nunca curou ninguém! Sua mulher é uma feiticeira que piorou minha doença com sua comida!

— É da minha mulher que você está falando desse jeito? Tome cuidado, doido varrido! Eu te amaldiçoo dez vezes! Vai ver só o que vai te acontecer, esse é só o começo dos seus problemas!

Saí de lá com minha comida, pois Ngampika prometeu me enviar animais pestilentos durante meu sono. Então eu seria rodeado por criaturas com cabeça de animal e corpo humano. Esses homens-animais, previa ele, fincariam seus espinhos em meu cérebro. Eu não sabia de onde ele tirava essas histórias...

Eu tinha decepcionado meu vizinho, que se esforçava tanto por minha saúde. Ele parecia estar quase desistindo de mim quando me dava um sermão:

— Pimentinha, você não pode estar certo o tempo todo e os outros, o doutor Kilahou e Ngampika, errados.

No fundo ele não estava errado, e agora restava a mim mesmo tomar as rédeas dessa situação.

De todo modo, eu não tinha mais nada a perder...

o marroquino

Mandei fazer uma roupa verde em um costureiro do bairro Trois-Cents que não estava acostumado a esse tipo de encomenda. Eu usava sapatos muito pontudos e finos, que tinha garimpado com os africanos da África Ocidental no Mercadão e que pareciam sapatos da Idade Média. Meu capuz, também verde, tinha no alto uma pena de pavão que eu arrancara desse grande pássaro que desfilava estranhamente perto de minha cabana, como se tivesse sido enviado pelos espíritos malignos ou por pessoas mal-intencionadas para saber o que se passava dentro de minha cabeça.

Não, eu não estava em cima de um cavalo e não tinha um arco como Robin Hood. Na verdade, andava com o passo apertado já fazia uma meia hora, beirando o rio Tchinouka com uma faca na mão esquerda e repetindo a mim mesmo que tinha sido aos quarenta anos, quer dizer, com a minha idade, que Moisés, revoltado com a miséria cotidiana de seu povo, matara um feitor egípcio que se passava por um hebreu...

Quando os raios de sol cintilavam sobre a lâmina da minha faca, eu tinha a sensação de que minha memória enfim voltava, que aquela arma branca me ajudava a reconquistar minha identidade, a me desvencilhar das amarras de um destino amaldiçoado que eu herdara de um pai que não conheceria até o fim de meus dias.

O próprio fato de ter uma faca nas mãos mostrava, certamente, que eu pertencia à etnia dos bembés, que sabiam utilizá-la assim como Robin Hood sabia manusear com destreza seu arco...

Eu era forte o bastante para ser o Robin Hood de Pointe-Noire, ou continuaria sendo, na cabeça dos bandidos da minha época, apenas o menino cujo feito mais brilhante fora ter colocado pimenta em pó na comida dos gêmeos Songi-Songi e Tala-Tala em Loango antes de se associar a eles? Não seria com isso que eu mereceria um lugar na posteridade. Eu achava que era melhor do que isso, e precisava provar...

*

Eu tinha comprado essa faca no fim da manhã na loja do marroquino Ahmed XVI, perto do trevo de Kassaï. Apesar da confusão que reinava em meus pensamentos, pela primeira vez senti o agradável prazer da recuperação de lembranças, mesmo que ainda fossem esporádicas. Alguma coisa acontecia em mim, pois eu me lembrava até mesmo que tinha sido o comerciante marroquino que me ajudara na escolha da faca e que ficava atrás de mim como uma sombra de meio-dia e cinco, com medo de que eu saísse de sua loja sem uma mercadoria nas mãos.

— Camarada, por que ainda está na dúvida, hein? Você é um sujeito decente, damos um jeito no preço, estamos em família! Não quer mesmo um rifle de caça? Tenho dois aqui que podem derrubar um elefante e...

— Não, quero uma faca.

— Bom, com esta daqui não vai se decepcionar! Eu, Ahmed XVI, filho de Ahmed XV, neto de Ahmed XIV, bisneto de Ahmed XIII e assim por diante, te faço um bom preço porque você é um irmão africano, temos o mesmo sangue, e porque é também graças a seu país que consigo alimentar minha pequena família e envio um pouco de dinheiro a meus irmãos e primos que ainda moram em meu vilarejo natal, no sudeste do Marrocos, em Merzouga. Foi lá que, quando éramos crianças, aprendemos a brincar nas dunas, a brincar de esconde-esconde nesse deserto de Sahel e a mendigar um pouco de dinheiro aos turistas que faziam passeios a camelo ou acampavam a menos de um quilômetro de nosso vilarejo!

Começou a me contar sua vida. No intuito de interrompê-lo, acariciei a lâmina da faca, depois seu cabo.

Os olhos do comerciante cintilavam:

— É sua, meu camarada! Essa faca é sua! Pela vida da minha mãe, não vou ganhar nada, mas o importante é ajudar um irmão que está em necessidade. É uma faca de aço inoxidável, e mais, é uma Victorinox, então é de uma marca suíça muito famosa... Olhe só a lâmina, é capaz de cortar o ar! E o cabo então, que arte! Você tem o olho bom, meu irmão africano!

No fundo, eu não estava nem aí para a conversa-fiada que o havia transformado em um dos comerciantes mais maliciosos de Pointe-Noire, a ponto de algumas pessoas temerem colocar os pés dentro de sua loja, pois, mesmo se você falasse que não tinha dinheiro, ele respondia:

— Quem aqui está falando em dinheiro, hein? Acha que Ahmed XVI faz comércio para enriquecer?

Ele te deixava pagar fiado, confiando que você acabaria voltando a passar em sua loja mais cedo ou mais tarde.

As más-línguas diziam que o marroquino trouxera para nosso país sua bruxaria do Norte da África, e que em frente a sua loja havia um espelho mágico que te enfeitiçava assim que você se olhasse nele e te fazia comprar qualquer coisa. E esse espelho devia ser "alimentado". Em resumo, o marroquino sacrificava um cliente a cada seis meses para que o espelho continuasse funcionando, e era por isso que todo ano dois acidentes de trânsito aconteciam em frente a seu comércio situado em um grande cruzamento, onde veículos vindos dos quatro cantos da cidade ficavam presos em engarrafamentos infernais. Ainda que os acidentes fossem atribuídos ao comerciante, ninguém ousava lhe pedir esclarecimentos, porque tínhamos medo de que, se ele resolvesse se vingar, enviaria a cabeça de seus difamadores ao Marrocos. Em Pointe-Noire, quando diziam que sua cabeça seria "enviada ao Marrocos", significava que você iria morrer. A população de Pointe-Noire se referia, na verdade, às latas de conserva com a indicação "Made in Morocco", nas quais as sardinhas nunca tinham cabeça. O que será que os marroquinos faziam com essas cabeças? Ninguém sabia, e Ahmed XVI aproveitava esse medo da população para ameaçar seus difamadores:

— Se continuarem me atormentando e dizendo besteiras sobre mim, vou mandar a cabeça de vocês para o Marrocos!

Como eu também não queria que minha cabeça fosse mandada para o Marrocos, não contradisse muito Ahmed XVI. O que eu queria era sair de sua loja com uma faca, pouco importava se era de aço inoxidável ou não.

— Ela corta direitinho? — perguntei-lhe.

Ele me olhou dos pés à cabeça:

— Meu irmão, isso depende de que tipo de carne quer cortar! Posso garantir que não ficará decepcionado com sua lâmina inox de vinte e cinco centímetros...

Balancei duas notas de dez mil francos CFA em seu balcão.

O comerciante fez ar de ofendido:

— Não, meu irmão africano! Por que está me dando isso agora? Vá lá testar sua faca, e se ficar satisfeito venha me pagar... A propósito, por que está vestido desse jeito, todo de verde, com essa pena na cabeça?

Eu já estava fora de sua loja e seguia para o rio Tchinouka...

*

O rio Tchinouka divide Pointe-Noire em duas, se afunda nos lugares mais afastados da cidade, hesita durante quilômetros desde o bairro Rex até o Saint-François, contorna o cemitério Mongo-Kamba como para respeitar o descanso dos mortos antes de vomitar no mar as impurezas que a população de Pointe-Noire joga em seu ventre.

Esse rio é conhecido por ser mais perigoso que o oceano Atlântico. Em épocas de chuva, fica tão irascível que engole casas de alvenaria, tomba os enormes caminhões da Sociedade dos Transportes de Pointe-Noire e torna intransitável a maior parte das avenidas da área metropolitana, a ponto de as pessoas terem que ficar em casa por mais de uma semana.

Não sei mais quantas vezes percorri a margem direita antes de encontrar, finalmente, a pequena ponte que vai em direção ao bairro Voungou, o lugar onde eu estava convencido de que enfim voltaria a encontrar a felicidade de ser um homem como qualquer outro, mas também com a certeza de que precisava realizar este último ato, afastar de mim esses espíritos que tinham se refugiado em meu corpo até corromper minha memória, esses espíritos que eu devia jogar nas profundezas do Tchinouka para que desaparecessem para sempre, para que fossem levados ao oceano Atlântico onde a antepassada Nzinga os aniquilaria para sempre…

*

Aqueles que cruzavam comigo primeiro desviavam de meu caminho, depois davam no pé quando descobriam que eu tinha uma faca e que havia uma discrepância entre meu traje e o que se usava na época.

Eu estava orgulhoso de ver que amedrontava as pessoas apenas por portar um objeto que, no entanto, todo mundo tinha em casa, como teria dito o doutor Lucien Kilahou. Alguns começavam a correr quando, para intimidá-los mais, eu dava uma punhalada no ar.

O dia estava terminando, mas eu continuava seguindo em frente, os olhos fixos em direção a uma grande construção muito iluminada. Ajustava minha pena de pavão que teimava em se desprender de meu capuz a cada golpe de vento. Segurava muito forte a faca, porque era ela que me devolveria a dignidade.

Estava a apenas algumas centenas de metros dessa casa suntuosa, que tinha um muro duas vezes mais alto que eu e dois guardas em pé como dois postes de iluminação.

A lembrança do orfanato de Loango atravessou meus pensamentos e achei por um instante que esses dois guardas eram Vieux Koukouba e Petit Vimba.

Sim, estava só a cem metros dessa morada quando percebi um carro preto de vidros escuros parar diante da porta de entrada. Um dos guardas correu para abrir o portão para o motorista, e finalmente pude ver mais de perto aquele homem que havia tirado Mamãe Fiat 500 de mim. Como de costume, ele gostava de mostrar à população que dirigia seu carro sozinho, que não precisava de segurança e que os dois guardas em frente à sua residência lhe tinham sido impostos apenas para a segurança de sua família, e além disso só estavam armados com cassetetes. Mas nesta noite essa demagogia ia encontrar seus limites pois, reunindo todas as minhas forças, eu me lançaria em direção ao indivíduo que eu mais detestava no mundo, mais até do que Dieudonné Ngoulmoumako.

Loango

Foi dito durante meu processo que eu agira sob influência da demência, e agora estou proibido de tocar em facas, até mesmo de plástico.

Parece que neste lugar onde estou preso ficava o orfanato no qual passei os treze primeiros anos de minha vida. Os antigos prédios foram destruídos, substituídos por estes do novo estabelecimento penitenciário para criminosos qualificados como "inimputáveis".

Eles me deixam escrever, encher páginas e mais páginas inteiras ao longo do dia. Pelo menos ficam de olho em mim, e o diretor Rémi Kata Likambo sempre diz que não é com um lápis que matarei alguém.

Aos domingos, me dirijo com os outros detentos a uma sala de oração onde um pastor zairense nos fala de Deus. Quando soube que meu sobrenome de nascimento era *Tokumisa Nzambe po Mose yamoyindo abotami namboka ya Bakoko*, deu ordens para que nunca mais o utilizassem. Da mesma forma, não quis que me chamassem simplesmente de "Moisés", enquanto na minha cabeça penso que mereço esse sobrenome, porque livrei o povo de Pointe-Noire de François Makélé, esse prefeito corrupto que não se preocupava com as condições de vida da população da cidade e que talvez tenha sumido com Mamãe Fiat 500 e suas meninas no desfiladeiro de Diosso. Foi lá que descobriram uma vala comum na qual estava a maior parte das vítimas da campanha "Pointe-Noire sem putas do Zaire". A operação havia virado uma carnificina por causa do ódio que existe entre nosso país e o Zaire, que os políticos atiçam na véspera de cada eleição.

Esse sacerdote, cujo nome aliás não me lembro, me parece hipócrita. Ele é alto, usa ternos sob medida que não cheiram à naftalina — o que basta para que eu o deteste. Às vezes ele se embanana, fala um pouco em inglês só para nos contar que estudou os Livros Sagrados nessa língua que ninguém de nós entende. E depois ele me parece distante, altivo e nos olha com desprezo como se para ele fôssemos irrecuperáveis e indignos de merecer a redenção...

Não posso de modo algum me esquecer de dizer que tenho um amigo, com o qual me entendo bem e a quem dei para ler essas confissões iniciadas há alguns meses, durante minha detenção em Mbulamatadi, antes de ser transferido para cá apenas uma semana depois do fim da reforma — aliás, é por isso que tudo aqui está novinho em folha.

Meu amigo ficou com o texto durante dez dias, e durante dez dias me evitou na cantina, no refeitório e nos chuveiros compartilhados. Eu não me sentia bem pois queria impressioná-lo, mostrar-lhe que não era um banana, um mero criminoso. Ele me devolveu as folhas dizendo que quando tivesse tempo — como se não tivesse o bastante aqui — escreveria sua história, que teima em não contar a ninguém, nem mesmo a mim.

Ele se chama Ndeko Nayoyakala e tem uns quarenta anos como eu. Seu rosto magrelo e seco é compensado por seu porte hercúleo, que desencoraja qualquer um que procura encrenca com ele. Ele também tem problemas no cérebro e, assim que me devolveu meu manuscrito, eu o agarrei e descobri que ele não deixara de corrigir em vermelho um errinho aqui, um anacronismo ali. Discutimos por causa de uma vírgula de nada que ele achava estar no lugar errado e que eu queria deixar como estava.

Desde que o encontrei aqui, Ndeko Nayoyakala não mudou de rotina: de manhã fica em frente à janela de sua cela para desenhar os aviões que passam.

Um dia, não aguentando mais sua obsessão por essas máquinas voadoras, lhe contei que meu melhor amigo de infância tinha essa mesma paixão:

Ele me olhou por um momento:

— Como ele se chamava?

— Bonaventure...

— Bonaventure o quê?

— Bonaventure Kokolo...

Ficou muito aéreo por alguns segundos antes de murmurar, com os olhos baixos:

— Vou desenhar aviões até o dia em que vir um de verdade aterrissando na frente da entrada do asilo para me tirar daqui...

Esta obra foi composta em Arno pro light 13 para a Editora Malê e impressa na gráfica PSI em São Paulo em junho de 2022.